海外小説 永遠の本棚

フラッシュ

或る伝記

ヴァージニア・ウルフ

出淵敬子＝訳

白水 u ブックス

FLUSH : A Biography

by

Virginia Woolf

1933

フラッシュ*目次

挿絵＝ヴァネッサ・ベル

†＝原注（巻末参照）

フラッシュ

或る伝記

1　スリー・マイル・クロス村

この伝記の主人公が自らの祖先と名のる家族は、ひじょうに古い家系のひとつであると広く認められている。だから家名そのものの由来もよくわからなくなっているのも、ふしぎではない。現在スペインと呼ばれている地方は、何百万年も前には天地創造の沸きかえるような騒ぎで落ち着かなかった。長い年月が過ぎ去ると、草木が生えてきた。草木のあるところ、自然の法則は兎（うさぎ）もいるべしと定めた。兎のいるところ、犬もいるべしと神の摂理は定めた。ここまでは、なんの疑問も注釈も必要ではない。しかし、兎を捕えた犬がなぜスパニエルと呼ばれたのかをたずねると、そこに疑念や異議が起ってくる。ある歴史家たちは、カルタゴ人たちがスペインに上陸した時、兵卒たちがいっせいに「スパン！　スパン！」と叫んだと言う――なぜなら兎がどの藪（やぶ）からも、どの繁（しげ）みからも跳びだしたものだから。その国には兎がわんさといた。そしてカルタゴ語では「スパン」とは兎の意味だった。こうして、この国はイスパニア、言いかえれば兎の国と呼ばれ、兎を犬どもが全力あげて追跡するのに人々はすぐにも気づいて、スパニエル、すなわち兎犬と名づけたというわけだ。

たいがいの者なら、ここで満足してその問題をそのままにしておくだろう。しかし強いて真実をつけ加えると、もうひとつの別の異った考え方をする一派がいるのだ。これらの学者の言うところによると、イスパニアという言葉は、カルタゴ語の「スパン」とはなんの関連もないのである。イスパニアはバスク語の「エスパーニャ」から出ていて、端または境界を意味している。そうだとすれば、兎、繁み、犬、兵隊——あのロマンチックでたのしい情景はみんな頭の中から追いださなければならなくなる。そして単にスパニエルは、スペインがエスパーニャと呼ばれるからスパニエルと呼ばれるのだと考えなくてはならない。好古家たちの三番目の派について言えば、この人たちの説は、ちょうど恋人が愛しい人を怪獣（モンスター）とか猿とか呼ぶように、スペイン人たちは自分たちの愛犬をひん曲がりとかごつごつした奴とか（「エスパーニャ」という言葉はこれらの意味をもたせられる）呼んだというのだ、なぜならスパニエルは周知のようにまさにその反対なのだから——こんな説は、まじめに考えるにはあまりにも空想的な推測である。

これらの学説や、われわれをここにとどめておく必要もないもっと多くの理論を省略すると、われわれは十世紀半ばのウェールズに達する。スパニエルはすでにそこにいて、ある人々の言うところでは、何世紀も前にエボール、あるいはイヴォールというスペイン人の一族によってつれてこられたという。十世紀半ばまでには、きわめて評判もよく価値の高い犬になっていたことはたしかだ。

「国王のスパニエルは一ポンドの価値あり」と、ハウエル・ダー[*1]はその法典に規定した。そして九四八年に一ポンドで何が買えたか――どのくらい多くの妻、奴隷、馬、牛、七面鳥、がちょうが買えたか――を思いおこすとき、スパニエルがすでに高い価値と評判をもつ犬であったことは明らかだ。スパニエルはすでに国王の側に座をしめていた。彼の一族は、後世多くの名だたる君主を生んだ一門よりも大切にされた。プランタジネット家やテューダー家、ステュアート家の人々がまだ他人の荒地の中を他人のすきを押し歩いていた頃に、彼は宮殿でゆったりくつろいで暮らしていた。ハワード家、キャヴェンディッシュ家、あるいはラッセル家の人々が、スミス、ジョーンズ、トムキンズなどという庶民の群の上に擡頭(たいとう)してくる

*1―ウェールズの名君、九一五―四八治世、立法家として有名。

よりはるか昔に、スパニエル一族はかけ離れてきわ立った一族となった。そして世紀が進むにつれて、親木の幹から小枝が分かれて出ていった。イギリスの歴史が歩みを進めるにつれて、だんだんと、少くとも七つの有名なスパニエル一族が存在するようになった――クランバー家[*1]、サセックス家[*2]、ノーフォーク家[*3]、ブラック・フィールド家[*4]、コッカー家[*5]、アイリッシュ・ウォーター家[*6]、それにイングリッシュ・ウォーター家[*7]、これらすべては先史時代のスパニエルの始祖に由来を発しているが、それぞれはっきりとした特徴を示している。だから、他とはまったく別だとして特権を主張しても不思議はない。エリザベス女王が玉座についた頃までには犬の貴族階級というものがあったと、サー・フィリップ・シドニーも証言している。「……グレイハウンド[*8]、スパニエル、ハウンド[*9]は」と彼は述べる、「その第一番目のものは犬の貴族（ロード）、二番目は紳士（ジェントルマン）、最後のものは犬の郷士（ヨーマン）であると見受けられよう」と『アルカディア』の中に書いている。

　しかし、われわれがもしこのようにしてスパニエルは人間の手本に習い、グレイハウンドを自分たちより位の高い者として仰ぎ見て、ハウンドを目下の者と考えていたと推定を下すとすれば、彼らの貴族社会は人間のそれよりも、ずっと筋（すじ）のとおった道理に基いてつくられていることを、われわれは認めなければならない。少くとも、スパニエル・クラブの規定を調べた者なら誰もがそういう結論を下すにちがいない。この威厳ある団体によって、スパニエルの欠点とは何か、美点とは何かも、はっきりと規定されている。たとえば、色の薄い眼は好ましくない。巻き毛の耳はもっとわるい。生まれつき色の薄い鼻や、頭にとさか型の逆毛(さかげ)があれば、それこそ致命的である。スパニエルの真価となる点も等しく定義されている。

＊1—スパニエル種の中では大型で、白にうす茶のぶちがあり、猟犬品評会用の犬。十八世紀末フランスからニューカスル公のクランバー・パークへゆずられ飼育された。
＊2—茶褐色の胴長のスパニエルで、猟の動作はのろいが気質がよい犬。
＊3—ノーフォーク公にちなんだ名の、白と茶、又は黒のスパニエル、長い脚で足が速い。後にイングリッシュ・スプリンガーと呼ばれる。
＊4—つやのある黒毛、短脚の猟犬、観賞用と実用をかねる。
＊5—つやのある毛をもち、色は黒、茶などさまざま。元来やましぎ猟に使われる小型のスパニエルで愛玩犬としても人気がある。
＊6—元来アイルランドの沼地で水鳥猟に使われた。フレンチ・プードルの血をひき、茶褐色のちぢれ毛、頭に逆毛をもつ。
＊7—アイリッシュ・ウォーター以外のすべての水鳥猟用スパニエルの総称。プードルに似たちぢれ毛をもち、脚が短い。
＊8—エジプト・ギリシャの昔から飼われた、胴が細く長脚の美しい体型の犬。足が速く猟犬、競走犬にされる。
＊9—ブリトン人の昔から飼われた鋭い嗅覚をもつ犬で、猟と逃亡者追跡に使われた。

その頭部は鼻先からあまりはっきりした曲線を描かずになだらかに盛り上がっていなくてはならない。頭蓋骨はかなり丸味を帯び、よく発達していて能力ある頭脳を容れるものとしてじゅうぶんのゆとりがなくてはならない。眼はまるくなければいけないが、ぎょろぎょろした眼玉はだめだ。全体の表情は利口そうで穏やかでなくてはならない。こういう美点を示すスパニエル種は、奨励を受けて、種犬にされる。逆毛と薄色の鼻を代々生みつづけるスパニエル種は、スパニエル犬たる特権と報酬とを打ち切られる。このように審査員たちは法規を定め、罰金を課し、特権を与えて、法規が守られることを確実にしたのだ。

しかし、今ここで人間社会の方へと眼を向けてみると、なんと混沌としたありさまが目に入ることか！　人間の繁殖にはどんなクラブもそのような支配権をもっていない。スパニエル・クラブにいちばん近いものは、系譜紋章院[*1]である。それは少くとも人類の純血を保とうとなんらかの努力をしている。しかし、貴族の生まれの本質を成すものは何か——眼は淡い色であるべきか黒であるべきか、耳は巻き上がっているかまっすぐか、逆毛は致命的なのかと尋ねたら、われわれの審査員たちは、ただわれわれの紋章を調べてみよというだけだ。あなた方は、おそらく紋章などもっていないだろう。それならあなた方は、無名の庶民ということになる。しかしいったん十六組合わせ紋[*2]は自分のものだという主張を立証し、宝冠模様[*3]

をつける権利を証明するなら、あなた方はただ生まれたのみでなく、おまけに貴族に生まれついたのだと言われるであろう。それだから、メイフェア[*4]中のマフィン皿は、どれにも伏せ獅子[*5]か躍り人魚[*6]の紋章がついていないものはないということになるのだ。リンネル生地屋でさえも戸口の上に王室の紋章をかかげている。まるでそれが彼らの売っているシーツは安眠保証つきとでもいうように。あらゆる所で高い身分が自称され、その効き目が主張される。しかしわれわれがブルボン家、ハプスブルク家、ホーエンツォレルン家の王族が、いかに多くの宝冠模様や組合わせ紋[*7]、いかに多くの伏せ獅子や躍り豹で飾り立てられていたかを見、それらの王族が今は亡命し、王位から退位させられ、尊敬に値しないと審判を下されたのを見ると、われわれはただ頭をふり、スパニエル・クラブの審査員たちの方がはるかによく判断を下したと認めないわけにはいかない。こういう高尚な問題から目を転じて、ミットフォ

＊1―系図を記録し紋章を定める役所。
＊2―紋章をもつ家柄の世継同士が結婚したしるしに紋を十六組合わせたもの。
＊3―宝冠の模様を家紋に入れるのは王族・貴族に限られる。
＊4―ハイド・パーク東側の金持ちが多く住む地区。
＊5―うずくまって頭をもたげた獅子の図柄の紋章。
＊6―人魚が尾びれで立ち、右手にくし、左手に手鏡をもつ図柄の紋章。
＊7―しばしば四つの紋を組合わせた紋章。

ード家でのフラッシュの生い立ちを考えると、すぐさまそのような教訓がひしひしと伝わってくる。

十八世紀の終り頃、有名なスパニエル種の一族がレディングの近くのミッドフォードとかミットフォード博士とかいう人の家に住んでいた。その紳士は系譜紋章院の法規に従って、自らの名前をドでなくトと書く方を選び、そのようにして、バートラム城のミットフォード一族のノーサンバーランドの分家の血をひいていると称していた。彼の妻はラッセル家の娘で、遠縁であるにしても、ベッドフォード公爵家の出身であることははっきりしていた。しかし、ミットフォード博士の祖先の縁組が結婚の定石を無視して勝手気ままに行われてきたので、いかなる審査員会も彼の育ちがよいという主張を認められなかったろうし、彼の一統が永続することを許さなかったであろう。彼の眼は色がうすく、耳は巻き毛で、頭には致命的な逆毛があったのである。言いかえれば、彼はまったく利己的で、めちゃくちゃな浪費家、俗物で、誠実さがなく、大の賭博好きであったのだ。彼は自分自身の財産も、妻の財産も、娘の収入も使い果たした。うまくいっている時には妻と娘を見捨て、年とってからは二人にたかった。実をいえば、彼には二つの美点があった。ひとつはひじょうな美貌の持主で――まるでアポロの神のようだった、ただし、美食と不節制がアポロをバッカスに変えてしまったのであるが。もうひとつは、犬に対する純粋な献身的な愛情である。しかし、もしもスパニエル・クラブに匹敵するような人間クラブが存在していたとしたら、いくらミットフォードの書き方をドの代りにトにしてみたところで、いくらバートラム城のミットフォード家の人々を親戚だと言ったところで、彼が人の侮辱と軽蔑や社会的追放の罰を受けることや、その一統を代々続けていくにはふさわしからぬ雑種の人間だとの烙印を押されることを、まぬがれる役には立たなかったろう。しかし、彼は人間であった。だから彼が生まれも育ちもよい貴婦人(レディ)と結婚し、八十余歳まで生きながらえ、数世代にわたるグレイハウンドとスパニエルを飼い、一人の娘をもうけることを妨げるものは何もなかった。

どの調査もフラッシュの誕生の月日はともかくとして、正確には何年に生まれたのかを確信をもって決めることはできなかった。しかし彼はたぶん一八四二年の初めに生まれたらしい。彼が名犬トレイ（一八一六年頃の生まれ）の直系であったこともまた本当らしい。トレイの特徴は、不幸なことに詩という信用しかねる媒体によって伝えられているのみだが、彼が優れたレッド・コッカー・スパニエル種であったことを証明している。フラッシュがあの「ほんもののやましぎ猟(コッキング)用のスパニエル」、「猟場で彼がすばらしい活躍をするから」という理由で、ミットフォード博士が二十ギニーで売ることも断ったあの犬の息子であると考える

フラッシュの出生地

べき確かな理由がある。仔犬の頃のフラッシュ自身についても、細かな説明を求めてわれわれが頼りにせねばならないものは、残念ながら詩だけなのである。彼は陽の光を浴びると「全身が黄金色に」輝く、あの独特な焦茶色をしていた。彼の眼は「ハシバミ色の、おとなしそうな、まるく見張った眼」だった。耳は「ふさふさと」垂れていた。彼の「ほっそりとした脚」は、「天蓋のような房毛の飾り」がついていて、尻尾は太かった。押韻という制約と、詩語のもつ不正確さを考えに入れても、この説明のなかには、スパニエル・クラブがもろ手を上げて歓迎しないようなものは、ひとつもない。フラッシュが純血の赤色系コッカー種で、その血統のもつすべての秀れた特徴をもち合わせていたことは疑いのないことである。

フラッシュは生まれて三カ月間は、レディング近くのスリー・マイル・クロス村の、ある農夫の小屋で過した。ミットフォード家は不遇な時期に入っていたので――ケレンハポックがただひとりの召使いだった――椅子のカバーもミットフォード嬢が自分で、安物の布地で作った。いちばん大切な家具は、大きな食卓で、いちばん上等な部屋は、大きな温室だったらしい。フラッシュは、防水してある犬小屋やコンクリートの散歩道、おつきの女中とか下男とか、今なら彼ほどの身分の犬にきっとあてがわれるようなこういう数々の贅沢に囲まれてはいなかったらしい。しかし彼は元気に育っていった。いかにも幼い雄犬らしく、精いっぱい活発な気性を発揮して、たいがいの愉しみといくらかの悪戯（いたずら）もたのしんだ。実際ミットフォード嬢は田舎家に閉じこもりがちであった。彼女は、父親のために何時間も声を張り上げて朗読してやらなければならなかった。それからクリベッジ[*1]もして、それから、やっと彼がうとうとしてきたときに、勘定を支払って借金を返してしまおうともくろんで、温室にあるテーブルの上で書いて書いて書きまくらなければならなかった。しかし、ついに待ちに待った瞬間がやってくる。彼女は、原稿用紙を脇へ片づけて、帽子をひょいとかぶり、傘をもって、犬たちを連れ、畑を横切って散歩に出かけた。スパニエル種は、生まれつき人の気持がよくわかる。フラッシュは、彼の物語が示しているように、人間の感情がわかり過ぎるほどわかった。愛する女主人がやっと新鮮な空気を吸い、銀髪を風になびかせて、生来いきいきしている血色のよい顔を赤く染め、その間にも広い額の皺（しわ）がのびる姿を見ると、フラッシュは心が弾んでとびまわる。その跳び方の元気のよさは、半ばは御主人の歓びを共に感じているからだった。彼女が深く繁った草の中を大股に歩いて行くように、彼も緑の草のカーテンを押し分けながら、あちこち跳びはねていく。露か雨かの冷たい玉が、彼の鼻づらのまわりで虹色のしぶきとなって砕け、降りそそぐ。大地はここでは固く、こちらではやわらかで、ここでは熱く、こちらでは冷たく、足の裏のやわらかいふくらみをひりひりさせ、なぶり、くすぐる。すると、なんと微妙な組合わせでまじり合ったさまざまな匂いが鼻孔をくすぐることだろう。強烈な大地の匂い、花々の甘美な香り、葉や野茨のなんとも言えない匂い、彼らが道路を横切ったときの酸っぱいような匂い、豆畑に入ったときのぴりっと刺激の強い匂い。しかし、突然風が吹いてもっと鋭い、もっと強烈なもっと悩ましい匂いを運んでくる――彼の頭脳を引き裂いて、何百もの本能をよび覚まし、何十万もの記憶を解き放っていく匂い――野兎の匂い、狐の匂いだ。急流に乗って先へ先へと引き寄せられていく一匹の魚のように、フラッシュはさっと走りだす。御主人のことを忘れる。人間たちすべてを忘れる。黒い肌の男たちが「スパン！　スパン！」と叫ぶ声が聞こえる。笞がピシッと鳴るのが聞こえる。先を争って走る。突進する。とうとう当惑して足をとめる。呪文が消え失せたのだ。のろのろと、内気そうに尾を振りながら、「フラッシュ！　フラッシュ！　フラッシュ！」とミットフォード嬢が立って叫んで傘を振っているところへ、野原を横切って、小走りにもどってくる。その後少くとも一度だけは、呼び声は、もう一刻も待てないようなものだった。狩りの角笛が、もっと深い本能を目覚めさせ、記憶をしのぐようなもっと強烈な感情を呼び

＊1――トランプのゲーム。

ミットフォード嬢はフラッシュを散歩につれていく

おこし、恍惚(こうこつ)となる狂おしい叫びのうちに、草も木も兎も狐もかき消した。愛の女神が彼の目にそのたいまつの火を燃えあがらせたのだ。彼はヴィーナスの女神の狩りの角笛を聞いた。フラッシュは、まだ仔犬らしさがすっかり抜けきらぬうちに、父親となったのである。

一八四二年頃には、男性でさえこのように振舞えば、伝記作者からなんらかの弁解を必要としたであろう。女性であったら、どのような弁解も甲斐なく、その名前は不名誉のうちにページから抹殺されたにちがいない。しかし、犬の道徳律は、よくもわるくも、人間の道徳律とは確かに異っている。だからこの点でのフラッシュの振舞いには、現在ヴェールで隠す必要のあるものはぜんぜんないし、当時の国内で、いちばん純潔で貞淑な御婦人方と同席するのが不適当となるようなものも何もなかった。その証拠には、ピュージー博士の兄[*1]がフラッシュを買いたがっていた。ピュージー博士のよく知られている性格からその兄のおよその性格を推測して判断すると、フラッシュには、現在どんなに軽はずみであろうと、仔犬ながらも将来優秀になることを約束するようなまじめで堅実なところがあったにちがいない。しかし、彼の魅力的な天賦の才の証拠として、もっとずっと意味ぶかいのは、ピュージー氏が

*1―エドワード・ブーヴァリ・ピュージー、一八〇〇―八二。オックスフォード運動を指導した神学者。

彼を買いたがったけれども、ミットフォード嬢は売るのを断ったという事実である。彼女が金がなくて途方にくれていて、実際どんな悲劇をつくりだし、どんな年鑑を編集すべきかもほとんどわからず、友達に援助を求めるという好ましくない手段にいやでも訴えなくてはならなくなっていたので、ピュージー博士の兄の申し出た金額を断ることは、彼女にはかなり辛いことだったにちがいない。フラッシュの父親には二十ポンドの値がつけられたことがある。ミットフォード嬢もフラッシュとひきかえに十ポンドか十五ポンドを要求してもよかったろう。十ポンドあるいは十五ポンドは、自分の自由に使うには、すばらしい大金である。十ポンドか十五ポンドあれば、彼女は椅子のカバーをかけ替え、温室の植物を新しく入れかえ、衣裳ひと揃いを買いこむこともできただろうに。そして「わたくしはこの四年間というもの、帽子ひとつ、マント一着、ガウン一着も買ったことがありませんし、手袋一対さえめったに買いませんでした」と、彼女は一八四二年に記しているのである。

しかし、フラッシュを売るなどということは考えられないことであった。フラッシュは金と結びつけられない稀なたぐいのものに属していた。いやそれどころか、精神的なもの、値段など越えたものの典型なのだから、無私の友情のしるしとしてふさわしい、さらに稀有なたぐいのものに入るのではなかろうか。もし幸いにも、友人というよりは娘みたいな友達が

ミットフォード嬢

いたら、そのような友情をこめて、フラッシュをその人に献げてもよいのではなかろうか。つまり、夏の数カ月をウィンポール街の奥まった寝室に引きこもって休んでいる友達、ほかならぬイギリス第一の女流詩人であり、才気あふれる薄命の女性、憧れのまとであるエリザベス・バレットその人に？　これが、ミットフォード嬢が陽を浴びて転がり駆けまわるフラッシュを眺めていたときに、またロンドンのバレット嬢のうす暗い、蔦の葉陰の寝室でベッドのそばに坐っていたときに、くり返しミットフォード嬢の心をよぎり、しだいに強まってきた考えであった。そうよ、フラッシュはバレット嬢にふさわしいし、バレット嬢はフラッシュにふさわしいわ。犠牲はとても大きなものだけれど、犠牲は払わなければならない。こうして、おそらく一八四二年の初夏のある日、人と犬とが連れ立った目立つ姿が、ウィンポール街を歩いて行くのが見られた――いきいきした赤い顔と光った白髪で、たいへん背の低いがっしりした身体つきの粗末な身なりのかなり年輩の婦人と、鎖で引かれている元気いっぱいの、ひじょうに好奇心のつよい、育ちのよさそうな、金色のコッカー・スパニエルの仔犬とであった。彼らはほとんどウィンポール街の端から端まで歩いて、五十番地のところでやっと立ち止まった。ミットフォード嬢は、おずおずとベルを鳴らした。

現在でも、おそらくウィンポール街にある家のベルを、おずおずしないで鳴らせる人はいないだろう。それはロンドンの街中で、もっとも堂々とした、もっとも個性に乏しい街である。実際、世界が崩壊しそうに見え、文明がその根底から揺らいでいるときには、人はただウィンポール街に行けばよい。その大通りを歩き、家々を見渡し、その画一性を考え、窓のカーテンがどれも同じようであることに驚き、真ちゅうのノッカーがどの家の扉にもきちんと規則的についていることに感心し、肉屋が肉の大きな塊を届け、料理番がそれを受けとっているのを見、住民たちの収入を計算して、彼らが神と人間の法に当然のこととして従っていることを推測しさえすればよいのだ――人はただウィンポール街へ行って、お偉方によってまき散らされている平和な気分を深く吸いこみさえすれば、地震でコリントの町は崩壊し、メッシナの町も倒れ、はたまた王冠は風に吹かれて転がり、いくつもの昔の大帝国は炎上したが、ウィンポール街はびくとも動かなかったと感謝の溜め息をつきながら思うだろう。そして、ウィンポール街からオックスフォード街に曲がっていくと、ウィンポール街の煉瓦ひとつも、めじを塗りかえることなどされませんように、一枚のカーテンも洗われたりすることがありませんように、いつまでもいつまでも肉屋が、牛や羊の腰肉や尻肉、胸肉やあばら肉を届けるのを怠ったり、料理番が受けとるのを怠ったりしませんように、という祈りの言葉がおのずと心に湧きおこり唇をついて出る。というのは、ウィンポール街が存在する限り、文明は安泰だからである。

　ウィンポール街の執事たちは、今日でさえどっしりした足どりで歩く。一八四二年の夏には、彼らはもっとずっとゆったりと歩いた。当時は、お仕着せの規則は今より厳しかった。銀の食器をみがくには、緑のラシャの前掛け、玄関のドアを開けるには、縞（しま）のチョッキに黒の燕尾服（えんびふく）という儀式ばった習慣は、もっときっちりと守られていた。そうとしてみれば、ミットフォード嬢とフラッシュが、玄関前の石段で、少くとも三分半は待たされたというのは、ありそうなことだ。しかしついに五十番地の玄関の扉が、大きく開け放たれた。ミットフォード嬢とフラッシュが、迎え入れられる。ミットフォード嬢は、この家をしばしば訪ねていた。バレット家の邸（やしき）を見たところ、何か彼女を威圧するようなものがあるにはあったが、目を驚かすようなものは何もなかった。しかし、フラッシュに与えた感銘は、とてつもなく圧倒的なものだったにちがいない。この時まで、彼はスリー・マイル・クロス村の農夫の小屋のほかには、足を踏み入れたことがなかった。自分の家ではむきだしの板敷で、マットはすり切れ、椅子は安物だった。ここでは、むきだしのものや、すり切れたものや、安っぽいものは何ひとつないのだ――こういうことがフラッシュにはひと目でわかった。この家の持主のバレット氏は、金持ちの商人である。もう成人した息子たち娘たちが大勢いて、それに応じてたくさんの召使いたちがいる。その邸には一八三〇年代後半に流行した様式の家具がおかれ、明らかにどこか近東風な趣きがある。彼は以前シュロップシャーに別荘を建てた時も、回教風(ムーア)の建築の丸屋根(ドーム)や三日月型の飾りをつけたのだ。ここウィンポール街では、そのような勝手は許されなかったろう。しかし、いくつもの天井の高い暗い部屋には、トルコ風の長椅子や、彫刻のあるマホガニー材のテーブルがたくさんあったと想像してもよかろう。テーブルは、脚にねじり模様があり、金銀のすかし細工の装飾品が、上においてある。短剣や長剣が、濃いワイン色に塗った壁にかかっている。東インド地方にある所有地から持って帰った珍しい品々が、隅の方におかれ、床には厚手の上等の絨緞(じゅうたん)が敷きつめられている。

しかし、執事の後について行くミットフォード嬢のその後を、フラッシュが小走りについて行くにつれて、彼は目に入るものよりも、あたりに漂う匂いにずっと驚かされた。らせん階段に囲まれた煙突のような空間をたちあがってくるのは、大きな肉の塊をあぶったり、鶏肉にたれをかけて焼いたり、スープをぐつぐつ煮立てたりしている、温いぷんとにおう匂いだ――ケレンハポックの料理した貧弱なフライとこま切れ肉のおそまつな匂いに慣れている鼻にとっては、食べものと同じくらいに、うっとりさせる匂いだ。食べものの匂いに混じって、さらに別の匂いがする――西洋杉、びゃくだん、マホガニー材の匂い、男や女の体臭、下男や下女の匂い、上着やズボン、クリノリンやマント、つづれ錦織のカーテン、絹綿ビロードのカーテン、石炭の粉や霧、酒やタバコの匂いがした。どの部屋も——食堂も、客間も、書庫も、寝室も——フラッシュが通りすぎるにつれて、特有の匂いを漂わせ、全体の混じり合った匂いの中へ溶けこんでいく。一方、彼がひと足またひと足とおろして歩くと、けばのふかふかした贅沢な絨緞が足をなまめかしく包みこみ、その肉感的な快さがひと足ひと足を愛撫して引きとめる。ついに彼らは、家の奥にあるドアを閉めきった部屋の前に着く。静かにノックすると、そのドアがそうっと開いた。

バレット嬢の寝室は——というのは、この部屋がそうだったのだが——どの人の話から推してても、うす暗かったにちがいないと思われる。緑の緞子のカーテンで、陽の光はふつうでもほの暗くなるが、夏には蔦や、窓辺の植木箱に繋っているベニバナインゲンや昼顔やキンレンゲによって、いっそう薄暗くなった。最初のうち、フラッシュは、淡い緑色のうす暗がりの中で、中空に神秘的にまたたいている五つの白い球以外、何も見分けることができなかった。しかし、この時もまた、彼を圧倒したのは、部屋の匂いだった。ここに学者がひとりいるとしよう。彼は古代の霊廟へ一歩一歩降りて行き、そこで自分が地下の納骨所にいるのを発見する。そこはきのこがびっしり生え、かびでぬるぬるし、古代の遺物の朽ちたすっぱい匂いがにじみ出ている。一方、なかば顔形の消えかかった大理石の胸像が中空に浮かぶように光り、すべてのものは、彼が手にしている小さなランプの揺れる光で、ぼんやり見えるだけだ。そして、ランプをひょいと下げたり、ぐるりとまわしたりしては、ここかしこと見まわしている――このような、滅びた都市の埋もれた墓穴の探険者の感情のみが、フラッシュが初めて、ウィンポール街の病弱な女性の寝室に足を踏み入れ、オーデコロンの香りをかいだとき、彼の神経にみなぎった感情のほとばしりに比べることができよう。

フラッシュは、いく度もくんくん匂いをかいだり、前足でひっかいたりしているうちに、少しずつ、ぼんやりと、いくつかの家具の輪郭を見わけることができるようになってきた。窓のそばのあの大きなものはきっと衣裳だんすだろう。その隣には、たんすらしいものが置いてある。部屋の真ん中には、まわりに輪をはめたテーブルと思われるものが、表面に浮かび上がって見える。それから、ぼんやりして形のはっきりしない肱(ひじ)掛け椅子とテーブルが、見えてくる。しかし、すべてのものが姿を変えていた。衣裳だんすの上には、白い胸像が三つ立っている。整理だんすの上には、本箱がのせてある。本箱には、深紅のメリノ[*2]の布地が

＊1――十九世紀半ば流行した裏張り、鯨のひげ製の枠などでふくらませたスカート。
＊2――絹のように細いメリノ羊の毛で織った織物。

張ってある。化粧台の上には、宝冠のように本棚がある。その本棚の上には、胸像がもう二つのせてある。部屋の中にあるものは、どれも、ありのままの姿でなく、何かほかのもののように見える。窓のブラインドでさえ、ただのモスリン製のものではない。城や城門や森のデザインを色どりよく描き出した布地でできていて、何人かの農夫たちが歩いているところも描かれている。これらのすでに変っている形を、鏡がさらに歪曲するので、五つではなく、十人の詩人の十体の胸像があり、二つではなく、四つのテーブルがあるように見える。すると、突然、もっと驚くべき混乱が起った。フラッシュは、突然、壁の穴の中から、もう一匹の犬が、らんらんと輝いた目で舌を垂らして、自分をにらみ返しているのを見たのだ！　彼はびっくりして立ちどまる。おそるおそる進み出る。

こうして進み出たり、後じさりしたりしながら、フラッシュには人のつぶやきや話し声は、梢（こずえ）をわたる風の遠く低くうなる音としてしか、耳に入らなかった。彼は、森の探険家が、あの影はライオンだろうか、あの根はコブラだろうかとおぼつかない気持で、一歩一歩そっと足を進めて行くみたいに、びくびく警戒しながら、自分の調査を続けた。しかし、とうとう彼は頭上で、何か大きな者たちが大騒ぎしているのに気づいた。彼は、この一時間ばかりにした体験ですっかり気がひるんでいたので、震えながら、衝立（ついたて）のうしろに隠れる。話し声が止む。ドアが閉まる。一瞬、彼は、うろたえて、気がひるみ、立ちどまる。そのとき、記憶が、敵に爪をたてられた虎がとびかかるように、彼を襲った。自分はひとりぼっちだ——置いてきぼりにされたのだ、と感じる。ドアに向かって突進する。ドアは閉まっていた。彼は前足でひっかき、耳を傾ける。階下へ降りていく足音が聞こえる。あれは御主人の耳なれた足音だとわかる。足音が止んだ。いや、ちがう——足音は続いていく、階下へ降りていく。ミットフォード嬢は、ゆっくりと、重い足どりで、しぶしぶ階段を降りていく。そして彼女が行ってしまい、その足音がかすかになっていくのを聴くと、フラッシュはあわてた。ミットフォード嬢が階下へ降りていくにつれて、ドアがひとつまたひとつと、彼の目の前に閉められる。ドアは自由を閉めだし、畑を、野兎を、草原を、彼の大好きな敬慕する御主人を——彼の毛を洗い、叩き、自分の食べる分もたくさんはないのに、自分の皿から彼に食べさせてくれたあの愛しく懐しい女性を——彼の知っていた幸せと愛情と思いやりをみな閉めだしてしまうのだ！　ほら！　玄関のドアがバタンと閉まった。ぼくはひとりぼっちになってしまった。御主人はぼくを置き去りにしたのだ。

するとと、絶望と苦悩の大波がおそいかかり、どうしようもなく無慈悲な宿命に打ちのめされて、彼は頭をもたげ、大きな声で吠えた。「フラッシュ」という声がする。彼には聞こえない。再び「フラッシュ」と呼ぶ声がする。彼ははっとした。自分はひとりぼっちだと今まで思っていたのだ。彼はふり向いた。この部屋には、自分と一緒に何か生きものがいるのだろうか？　ソファの上に何かいるのかしら？　この生きものが、何であっても、ドアを開けてくれるのかもしれない、今でもミットフォード嬢の後を急いで追いかけて行けば、見つかるかもしれない――これは家の温室でよく二人でやったかくれんぼなんだ――と、とりとめもない希望を抱いて、フラッシュはソファの方へとんで行った。

「まあ、フラッシュ！」と、バレット嬢が言った。初めて、彼女はフラッシュの顔をじっと見つめた。初めて、フラッシュはソファの上に横になっている女性を見つめた。

どちらも驚いた。バレット嬢の顔の両側には、重そうな巻き毛が垂れている。大きないきいきした眼が輝いている。大きな口もとがほころんでいる。フラッシュの顔の両側には、重そうな耳が垂れている。彼の眼も、大きく、いきいきしているし、口は大きい。彼らの間には、似通ったところがある。お互いをじっと見つめ合っていると、どちらもこう感じた。「おや、わたしがいる」――それから、めいめいが感じた、「でも、なんてちがっているのだろう！」彼女の顔は、戸外の空気や日光や自由から切りはなされた病人の、青白いやつれた顔だ。彼の顔は、幼い動物の元気はつらつとした、健康と精力に溢れた顔である。二つに割られてはいるが、同じ鋳型で作られているので、お互いが相手の中に眠っているものを完全なものに仕上げているといえようか？　彼女はもしかすると――すべてフラッシュのようになっていたかも知れないのだ。そして彼は――いや、ちがう。彼らの間には、一方を他方から隔てるひじょうに広い淵が横たわっているのだ。彼女は話すことができるが、彼は口がきけない。彼女は人間の女性で、彼は犬だ。このように密接に結ばれながら、このようにはなはだしくかけはなれて、二人はお互いを見つめあった。それからフラッシュは、ひとっとびでソファに跳びあがり、これから先ずっと寝ることになる場所――バレット嬢の足もとのひざ掛けの上に身を横たえた。

2　奥の寝室

歴史家の伝えるところによれば、一八四二年の夏は、ほかの年の夏とたいして変りはなかった。だがフラッシュにとっては、この夏はまるっきりちがっていた。だから、世界そのものが変ったのじゃないかと、彼は疑わしく思ったことだろう。それは寝室で過した夏、バレット嬢といっしょに過した夏だ。ロンドンで、文明の中心地で過した夏だ。初めのうちは、寝室とそこにある家具のほかは目に入らなかったが、それだけでも目を驚かすにじゅうぶんだった。目に映るさまざまな家具を見分け、区別し、その名前を正しく言うだけでも頭が相当こんがらかった。その上、テーブルや胸像や洗面台にまだあまり慣れていないときに――オーデコロンの匂いは、まだ彼の鼻孔には嫌なものだったが――あのめったにない日和、晴れているが風はなく、暖かいが灼(や)けつくようではなく、乾いているが埃(ほこり)っぽくはなく、病人

奥の寝室

が戸外を散歩できるような日和がやってきた。バレット嬢が、妹といっしょに買物に出かけるという大冒険をおかしても大丈夫という日和がやってきたのだ。

　馬車が呼びにやられた。バレット嬢はソファから起きあがった。ヴェールをかぶり体をしっかりおおって、彼女は階段を降りる。もちろん、フラッシュはついて行った。彼は馬車の中の彼女のそばへ跳び乗った。彼女の膝の上に寝そべっていると、最盛期の華やかなロンドンの光景が、つぎつぎに目にとびこんできて、目を見張らせる。彼らはオックスフォード街を走って行った。彼はほとんど全部ガラス張りの家並みを見た。きらきら光るリボンをかけて飾ってある店の陳列窓を見た。ピンク、紫、黄色、薔薇色の光ったものが積んである。馬車が止まった。彼は色ものの紗(しゃ)の布が、雲や蜘蛛(くも)の巣のように張られている不思議なアーケードに入っていく。中国やアラビアから運ばれてきたさまざまな匂いが、かすかな香りを、彼の五感の神経組織の奥深く漂わせる。つやのある絹地が何ヤードも、売台の上できらりと閃(ひらめ)く。重たげな黒の綾織(ボンバジーン)は、もっと地味に、もっとゆっくりと巻きとられる。鋏(はさみ)がチョキンと音を立てて布を切り、金貨がきらめく。紙に包まれ、ひもがかけられる。うなずいている婦人帽の羽飾り、揺れているリボン、気負って頭を振り立てる馬、御者の黄色いお仕着せや、跳ねるような躍るような通りすがりの人々の顔、こういうものを見て驚くことを何度もくりかえし、そろそろ飽きてきたころ、フラッシュはうとうとと眠りこんだ。夢を見て、自分が馬車から抱きかかえられて降ろされ、ウィンポール街に面した戸が再び彼を閉じこめてしまうまで、何も知らなかった。

次の日も晴天が続いたので、バレット嬢はもっと冒険的とさえ思われる離れわざにのり出した——彼女は車椅子に乗って、ウィンポール街を押して行かせた。フラッシュも一緒について行った。彼は初めて自分の爪がロンドンの固い敷石の上でコツコツ音を立てるのを聞いた。生まれて初めて、暑い夏の日のロンドンの街が、彼の鼻の穴めがけて、匂いの砲火を浴びせかけてきた。下水溝にたまっている気の遠くなるような匂いを嗅いだ。さびついた鉄柵の鼻をつく匂い、地階の台所から立ちのぼってくる、頭へつんとくる湯気の匂い——レディング郊外の野原で今までに嗅いだどの匂いよりも、複雑で、腐ったようで、正反対のものが混じり合っている匂い、人間の鼻では、とうてい嗅ぎ分けられない匂いを嗅いだ。車椅子は進んで行くのに、彼は立ち止まり、びっくりして、嗅ぎ分けたり、匂いを味わったりしているると、ついに首輪のところをぐいと引かれた。そしてまた、彼がバレット嬢の車椅子のあとからウィンポール街をちょこちょこ歩いて行くと、すれちがう人間の身体で、彼は目がまわりそうだった。ペティコートが、彼の頭をヒューとかすめて行く。ズボンが彼の横腹をこすって行く。時には車輪が鼻先一インチのところをピューと音を立てて走って行く。幌(ほろ)つきの荷馬車が通りすぎるときには、破滅をもたらす風が耳もとでうなり、脚の房毛をあおる。彼は怖ろしくなって、後脚を上げて飛び上がる。幸い鎖が首輪をぐいと引っ張った。バレット嬢が彼をしっかりともっていたのだ。そうでなければ、彼はそのまま突進して死んでしまったことだろう。

ついに体じゅうの神経がピクピク震え、あらゆる感覚機能がジーンと鳴りながら、彼はリージェント公園[*1]に着いた。そこで、まるで何年ぶりかのように、草や花々や木々に再会すると、野原の懐しい狩りの叫びが彼をけしかけるように聞こえてきた。彼は故郷の野原で走ったように走りまくろうと、前にとび出す。しかし今は、重いおもりが彼の喉をぐいと引く。彼は引き戻されて尻もちをついた。木や草があるじゃないか、と自問する。これらの木や草は、自由の合図じゃないのか？　ミットフォード嬢が散歩をはじめるとすぐに、いつもぼくは前に跳びだしたじゃないか？　どうしてここでは、ぼくはつながれているんだろう？　フラッシュは立ち止まる。ここでは、と彼は観察する、花々は、故郷よりはるかにたくさんかたまって咲いている。花々は、一種類ずつ、狭く区切られた地面にきちんと生えている。畑の地面には、かたく黒い小径(こみち)が交差している。光ったシルクハットをかぶった番人が、小径を不気味に行ったり来たりしている。その男たちの姿を見ると、彼は身ぶるいして、車椅子に体をすり寄せた。彼は喜んで鎖の保護を受けた。このようにして、あまり幾度もこういう散歩に行かないうちに、新しい考え方が、頭に入ってきた。あれやこれやと考えあわせ、彼はひとつの結論に達していたのだ。花壇があるところ、アスファルト道あり、花壇とアスファルト道あるところ、光ったシルクハットの番人あり、花壇とアスファルト道とシルクハットの番人のあるところ、犬は必ず鎖で引かなければならない、というのだ。公園の入口の掲示板の文字は、一字も読めなかったが、彼なりの教訓を身につけた――リージェント公園では、犬は鎖で引かなければいけません、と。

そして、一八四二年夏のふしぎな体験から生まれた、この知識を核として、別の知識がじきにつけ加えられた。つまり、すべての犬は同等ではなく、差別があるということだ。スリー・マイル・クロス村では、フラッシュは酒場の犬とも地主のグレイハウンドとも偏見なくつき合っていた。鋳かけ屋の犬と自分とを区別するものは何もないと考えていたのである。実際、彼の子供を生んだ母犬は、好意的にスパニエルと呼ばれてはいたが、耳はこの品種ふ

＊1――ロンドン西北部の広い公園で動物園、植物園で有名。

う、尻尾はあの品種ふうの雑種にすぎなかったのかも知れない。しかし、フラッシュがすぐ発見したところによれば、ロンドンの犬たちはいろいろな階級にきびしく分けられている。あるものは鎖で引かれる犬で、あるものは野放しだ。あるものは馬車に乗って散歩をし、紫色の水飲みから水を飲む。ほかのものは、毛もとかしてもらえず、首輪もつけてもらえないで、路ばたの溝でその日その日の糧をあさって暮らしている。だから、犬には差別があるのだ、ある犬は位が高く、ある犬は低いのだ、とフラッシュは感づきはじめた。この疑いは、通りがかりに、ウィンポール街の犬と話したときぎれときぎれの会話によって、ますます確かになった。「あのやくざ犬を見たかい？　ただの雑種さ！……おや、これはすばらしいスパニエルだ。英国じゅうでいちばん血統のよい犬の一頭だ！　あの耳がもうちょっとカールしてないのが惜しいね……ほら、あの頭の逆毛をみろよ！」

そのような言葉づかいから、郵便ポストの所や、従者たちが競馬の予想を交換し合っている居酒屋（パブ）の外で、そういうことを言うときの讃めたり嘲笑したりする語調から、フラッシュは、その夏が終らぬうちに、犬同士の間にも平等はないのだとわかった。ある犬たちは身分が高く、ある犬たちは身分が低いのだ。それでは、ぼくはどっちなんだろう？　フラッシュは家へ帰るとすぐに、わが姿を鏡に映して注意深く調べた。有難い、ぼくは生まれも育ちもよい犬なんだ！　頭はなだらかで、眼はとび出ているが、どんぐり眼じゃなく、脚には房毛が生えている。ウィンポール街随一の育ちのコッカーと同等なんだ。彼は自分が水を飲む紫色の水入れを、満足そうに眺めた——そういうものが、上流社会の特権だ。フラッシュは静かに頭を下げて、鎖を首輪につけさせる——これはその刑罰なんだ。この頃、バレット嬢は彼が鏡をのぞきこんでいるのを見て、誤解した。彼は哲学者なのだわ、と考えた。見せかけと真実（リアリティ）のちがいについて、瞑想にふけっているのよ。それどころか、彼は自分の特徴を考察中の貴族だったのだ。

しかし、晴れ晴れした夏の日々は、じきに過ぎ去り、秋風が吹きはじめた。バレット嬢は、寝室でまったくひとり引きこもった生活をするようになった。フラッシュの生活もまた変った。戸外での彼の教育は、寝室での教育によって補われた。このことは、フラッシュのような気質の犬には、考えだされる限りのいちばんひどいやり方だった。散歩は、短時間で、お座なりのものだったが、バレット嬢の女中のウイルソンと一緒に出かけた。あとは一日中、バレット嬢の足もとのソファの上に居場所を定めて、居つづけた。彼の自然の本能すべてが、歪められ否定された。昨年、バークシャーにいて秋風の吹く頃には、彼は麦の刈株の間を元気よく跳びはねて駆けぬけたものだった。今では、蔦の葉がガラスを叩く音が聞こえると、バレット嬢がウイルソンに窓の掛け金を見てちょうだいと頼む。窓辺の植木箱のベニバナインゲンとキンレンゲの葉が黄色く色づいて落ちる頃になると、彼女はカシミヤのショールを肩のまわりにますますぎゅっと引き寄せた。十月の雨が窓を激しく打つ頃、ウイルソンは暖炉に火を入れて、石炭をうず高く積みあげる。秋が深まって冬となり、初めての霧があたりを黄色っぽく見せる。ウイルソンとフラッシュは、郵便ポストや薬屋へ向かって、やっとのことで手探りで進んで行く。彼らが帰ってくると、部屋には、衣裳だんすの上で青白く光っている青白い胸像のほかは、何も見えない。ブラインドに描かれた農夫や城も消え失せ、ただ一面の黄色が窓ガラスいっぱいに拡がっていた。フラッシュは、バレット嬢と二人きりで、クッションを置き、火を焚いている洞窟の中に住んでいるように感じた。外では絶えず往き来する馬車の音がうなり、遠くかすかに響いてくる。ときどき「古椅子にバスケット直し」としわがれ声で呼びながら、通りを行く声が聞こえる。時には、手廻しオルガンの騒々しい音が、だんだん近づいて大きくなり、また遠ざかり、かすかになって消えていく。しかし、これらの音は、どれも自由や行動、運動を意味しているようには聞こえなかった。風も雨も、秋の荒れた日も、真冬の寒い日も、フラッシュにはみな同じように、暖かさと静けさ、ランプをともし、カーテンを引き、火を掻き立てることを意味しただけであった。

ブラウニング夫人

初めのうち、この緊張はあまりに大きくて耐えられなかった。しゃこが麦の刈株の上をちりぢりになって飛んでいるにちがいないと思われる、秋風のつよく吹く日には、彼は部屋じゅう跳ねまわらないではいられなかった。銃の音がそよ風にのって、聞こえたように思った。外で犬が吠えると、首まわりから背中へかけての毛を逆立てて、ドアに向かって走っていかずにはいられなかった。それでもバレット嬢が彼を呼び戻し、首輪に手をかけると、もうひとつ別の感情——それを何と名づければよいのか、自分はなぜその感情に従うのかわからなかったが——せき立てるような、矛盾した、不愉快な感情が、彼をおしとどめるのを否定できなかった。彼は彼女の足もとにじっと横たわった。彼のもっとも激しい本能を断念し、押さえつけ、押し殺すこと——それがこの寝室という学校の最たる教訓であった。そしてその教訓はひどく難しいもので、かつて多くの学者たちもギリシャ語を学ぶのにこれほど難しくはなかったし——多くの戦いで将軍たちは、この半分の苦しみもなしに勝利を得ていた。そうはいうものの、バレット嬢が先生だった。何週間もたつにつれて、フラッシュはますますつよく感じたのだが、彼らの間にはひとつのきずな、不愉快だが心をわくわくさせる緊密さがある。だからもし彼の楽しみが彼女にとって苦痛となるならば、彼の楽しみはもはや楽しみではなく、四分の三は苦痛である。これがほんとうであることは、毎日証明された。誰かがドアを開け、彼に来いと口笛で合図する。なぜ出て行ってはいけないのだろう？　彼は戸外の空気と運動を待ちこがれていた。彼の四肢はソファの上で寝てばかりいるので、つっぱってしまっていた。彼はオーデコロンの香りにすっかり慣れることはどうしてもできなかった。でもいけない——ドアは開け放されているが、バレット嬢をおいて行く気はしない。彼はドアの方へ半ば行きかけてためらい、それからソファへ戻っていった。バレット嬢はこう書いている、「フラッシイは、わたくしの友達——わたくしの伴侶——で、外の陽の光よりもわたくしを愛してくれます」。彼女は外へ出られない。ソファにつながれている。「籠(かご)の小鳥にだって、わたくしよりはおもしろい身の上話があるでしょう」と彼女は書いた。それでも、全世界が開かれているフラッシュは、ウィンポール街の匂いをすべて奪われても、彼女のそばで寝そべる方を選んだのである。

それでも、時にはきずながほとんど切れそうになることもある。彼らのものごとをわかる力には大きな隔たりがある。ときどき彼らは、横たわったまますっかり当惑して、互いに見つめあっていた。なぜ、フラッシュは急にふるえだしたり、鼻をクンクン鳴らしたり、驚いてびくっとしたり、耳を傾けたりするのかしら、とバレット嬢はいぶかしく思った。彼女には何も聞こえなかったし、何も目に入らなかった。部屋には自分たちといっしょにいる者なんていなかったし。彼女は、妹の小さなキング・チャールズ・スパニエル[*1]のフォリーが、この部屋のドアを通り過ぎたとか、あのキューバ産のブラッドハウンド[*2]のキャティラインが地階の召使い部屋で、従僕から肉つきの羊の骨をもらったとかいうことは、とても推測できなかったのだ。しかし、フラッシュにはわかった。聞こえた。彼は狂おしいような情欲と食欲にかわるがわる悩まされた。だから、ウイルソンの濡れた傘が、フラッシュには何を意味するか、森林や鸚鵡(おうむ)やラッパのような声で鳴く野生の象について、それがどんな思い出を呼び起したかを、バレット嬢は、その詩人の想像力をもってしても察することができなかった。ケニヨン氏[*3]がベルの引き綱につまずいた時、フラッシュには山の中で黒い肌の人間たちがののしり騒ぐ声が聞こえたことは、わからなかった。「スパン！　スパン！」という叫び声が、彼の耳もとで響きわたっていた。彼がケニヨン氏に嚙(か)みついたのは、祖先伝来のもやもやした怒りにかり立てられたせいだ。

　同じように、フラッシュの方でも、バレット嬢の感情をどう説明するか、途方に暮れた。彼女は何時間もそこに横たわって、真白いページに黒い棒を持った手をすべらせていたものだ。すると彼女の眼は、突然に涙でいっぱいになる。でもなぜだろう。「ああ、ホーン様[*4]」と、彼女は書いていた。「それから、わたくしは健康をそこねました……それからトーキー[*5]

に無理に追いやられて……それが生涯の悪夢のもとになりました。ここで申し上げられないほど大切なものを、奪ってしまったのです。[*6]このことは、よそではおっしゃらないでくださいませ。ホーン様、絶対におっしゃらないでください。」しかし、部屋の中には、バレット嬢を泣かせるような音も、匂いもしていなかったのである。またある時は、バレット嬢はあの棒をなおも動かしながら、吹きだしてしまった。彼女は「フラッシュのとてもみごとな、特徴をよくとらえた似顔絵を、ユーモアをこめて、わたくし自身と似せて」描いたのだ。そしてその絵の下に「この絵は、ほんもののわたくしよりずっと立派なので、わたくしの肖像の代りですというわけにいかないのです」と書いた。フラッシュに見なさいと彼女が差し出してくれたその黒い汚れたしみに、何かおかしいことがあるのだろうか。彼には、なんの匂

＊1―チャールズ二世が愛好した愛玩用スパニエル、長い耳と丸い眼をもち、チンに似る。
＊2―大型犬で顔にしわがあるのが特徴。猟犬、追跡用の犬。
＊3―ジョン・ケニヨン、一七八四―一八五六、詩人で慈善家、文学者のパトロンもつとめ、従妹のバレット嬢をロバート・ブラウニングに紹介した。
＊4―リチャード・ヘンリー・ホーン、一八〇三―八四、詩人、バレット嬢の友人で彼女について『時代の新しい精神』というエッセイを書いた。
＊5―イングランド南西部デヴォンシャーにある避暑地、バレット嬢が一八三八年から三年間転地した所。
＊6―一八四〇年最愛の弟エドワードが、トーキーでボートで遭難した。原注参照。

いも嗅ぎわけられず、何も聞こえはしなかった。部屋には、彼らのほかには誰もいなかった。実際には、彼らは言葉で意志を通じあうことができなかったのだ。そして、それは確かに多くの誤解をもたらすことだった。でもまた、それが特別の親密さを生むことにもなったのではなかろうか。午前中の苦闘のあとで、バレット嬢は、「書いて、書いて、書き続ける」と叫んだことがあった。結局、言葉で何でも言いあらわせるのだろうか、と彼女は思ったのかも知れない。言葉は、何かひとつでも言いあらわせるのだろうか。言葉は、言葉の力では言いあらわせない象徴を破壊してしまうのではないだろうか、と思ったのかも知れない。少くとも一度はバレット嬢はそう思ったらしい。彼女は横になって、考えていた。彼女はすっかりフラッシュのことを忘れていた。そしてあまりに悲しいことを考えていたので、涙が枕の上にこぼれ落ちた。その時突然、毛むくじゃらの頭が彼女に押しつけられた。大きな輝いた眼が、彼女の眼にきらりと光って見えた。彼女ははっとした。これはフラッシュかしら、それとも牧羊神(パン)かしら? 彼女はもうウィンポール街に住む病人ではなくて、アルカディア[*1]のどこか薄暗い森に住む古代ギリシャのニンフなのだろうか。そして髭を生やした牧羊神その人が、彼女の唇に唇を押しあてているのだろうか。一瞬、彼女は姿を変えた。彼女はニンフになり、フラッシュは牧羊神になった。太陽は灼けつくように照り、愛は燃えあがった。でも、もしフラッシュが喋(しゃべ)ることができたとしたら——アイルランドのじゃがいもの病気[*2]のことを、何か筋をとおして話したのではなかろうか。

同じように、フラッシュもまた身体の中に、ふしぎな感動が湧きあがるのを感じた。彼はバレット嬢のかぼそい手が、金の縁(ふち)のついたテーブルから銀の小箱か真珠の首飾りをとりあげる時の優しい手つきを見ると、自分の毛の生えた前足が縮むように感じ、自分の前足も十本の指に分かれたらいいのになあと思った。彼女が低い声で無数の音を音節ごとにきれいに発音するのを聞くと、彼は自分の耳ざわりな吠え声も、彼女の声のように、ああいう神秘的な意味をもつ単純な小さな声となってくれる日が来ればよいのになあ、とその日を待ち望んだ。そしてまた、同じ指がまっすぐな棒をもって、白いページの上をたえず横に動いていくのをじっと見つめていると、彼はいつの日か自分も彼女がしているように紙を黒くする時を待ちこがれた。

それにしても、もしも自分に彼女が書いたように書くことができたとしたら、どうだろう? この疑問は、幸いにも余計なことだった。というのは、強いて真実を言っておくと、

*1—ギリシャのペロポネソス半島の理想的田園で、パンの神や羊飼が住む。
*2—一八四五—七年、アイルランドはじゃがいもの大不作で、飢饉となり、社会問題化した。

一八四二年から四三年にかけて、バレット嬢はニンフではなく病人だったし、フラッシュは詩人ではなく赤毛のコッカー・スパニエルで、ウィンポール街はアルカディアではなく、ウィンポール街だったのだから。

こうして、長い時間が奥まった寝室で過ぎて行ったが、階段を通る足音や、玄関のドアが遠くで閉まる音、ほうきのパタパタいう音、郵便配達がドアを叩く音、これらのほかには、何も目立ったことはなかった。部屋の中では、石炭がパチッと音をたてた。光と影が、五つの青白い胸像の上や、本箱や、そこに敷いてある赤いメリノ地の上で、交錯した。しかし時には、階段の足音がドアを通り過ぎずに、部屋の外で止まることもあった。ドアの取っ手がくるっとまわるのが見える。ほんとうにドアが開く。誰かが入って来る。すると家具が、なんとふしぎに姿を変えて見えたことだろう！　なんと奇妙な音と匂いの渦が、いちどきにぐるぐるとまわりはじめたことか！　なんと、その渦がテーブルの脚のまわりを洗い、衣裳だんすの鋭い角にぶつかったことだろう！　きっと入って来たのは、食事をのせたお盆か薬を入れたコップをもったウイルソンだろう。あるいはバレット嬢の二人の妹、アラベルかヘンリエッタのどちらかかもしれない、あるいはまた、バレット嬢の七人の弟――チャールズ、サミュエル、ジョージ、ヘンリー、アルフレッド、セプティマス、オクタヴィアスの中の誰かかもしれない。しかし一週間に一度か二度、フラッシュはもっと重要な何かが起りかけているのに気づいた。ベッドは注意深くソファのような見かけになおされた。いつもその横に、肱掛け椅子が引き寄せられる。バレット嬢自身は、よく似合うカシミヤのショールにくるまれている。化粧道具は、チョーサーやホメーロスの胸像の下に、念入りに隠される。フラッシュ自身も、櫛(くし)とブラシで毛を整えてもらう。午後二時か三時頃になると、独特のはっきりした、いつもとは違う叩き方でドアが叩かれる。バレット嬢はさっと頰を赤らめ、微笑んで手をさしのべる。するとそこへ入ってくるのは――時にはゼラニウムの花束をかかえて、薔薇色のつやつやした顔をし、お喋りしながら入ってくる、あのおなじみのミットフォード嬢だ。あるいはそれは、がっしりした体格で身だしなみのよい、年輩の紳士ケニヨン氏で、慈愛の心をまき散らしながら、本を用意して持って現われる。または、見かけはケニヨン氏とは正反対のジェイムソン夫人[*1]かも知れない――彼女は「色白で、淡い青色の澄んだ瞳をもち、唇は薄く血の気がなく……鼻と顎は、細くとがっていた」という。めいめいが、その人独特の態度や匂い、声の高低やアクセントをもっていた。ミットフォード嬢は、ブツブツ言った

*1――一七九四―一八六〇、アイルランド生まれの作家、ヨーロッパ各地を旅行し、著書を書く。バレット嬢の詩の愛読者として親しく交際した。

りペラペラ喋ったり、とっぴで落ち着きがないが、中に何かある感じの人だ。ケニヨン氏は、礼儀正しく洗練されていたが、前歯が二本欠けているため、喋り方がいくらかはっきりしないところがあった。ジェイムソン夫人は、歯などぜんぜん欠けていなくて、喋り方も動き方も、同じようにはっきりしていて、きちょうめんだった。

バレット嬢の足もとに寝そべって、フラッシュは何時間も話し声が頭上をさざめき流れて行くにまかせている。話し声には、途切れがない。バレット嬢は笑ったり、いさめたり、感嘆したり、溜め息をついたり、また笑い出したりする。フラッシュがおおいにほっとしたことには、とうとう、話の合い間の沈黙がきた――ミットフォード嬢の流れるような会話にさえ、沈黙があるのだ。もう七時なんてことあるかしら？　お昼頃から、こちらに伺っていたんですわ！　ほんとに、汽車に間に合うように駆けつけなくちゃならないわ。ケニヨン氏は、本を閉じる――彼は大きな声で本を読み聞かせていたのだ――そして、暖炉に背を向けて立ちあがる。ジェイムソン夫人は、手袋の指を一本一本てきぱきとしごくようにしてはめる。そこでフラッシュは、誰かに頭を撫(な)でられたり、また誰かに耳を引っ張られたりする。型どおりの暇乞(いとまご)いの挨拶は、我慢できないほど長びく。しかしとうとう、ジェイムソン夫人も、ケニヨン氏も、ミットフォード嬢さえもが立ちあがって、さようならを言い、何か思いだしたり、何か忘れ物したり、見つけたり、ドアの所へ行って、ドアを開け、有難いことについに帰ってしまったのである。

バレット嬢はとても青白くなり、すっかり疲れきって、枕の上にぐったりと仰向けになる。フラッシュは彼女のそばへ這いよっていく。幸いなことに彼らはまた二人だけになった。しかし客があまり長居をしたので、もうそろそろ夕食時だった。いろいろな匂いが、地階から立ち昇りはじめる。ウイルソンがバレット嬢の夕食をお盆にのせて、ドアの所に立っている。食事は彼女のそばにあるテーブルの上に並べられ、食器の蓋がとられる。しかし、着替えやお喋り、部屋の熱気や別れ際の騒ぎのせいで、バレット嬢はすっかり疲れ、食べられない。夕食に出された肥った羊の厚切りの骨つき肉や、しゃこか鶏の手羽肉を見ると、彼女はちょっと溜め息をつく。ウイルソンが部屋にいる間は、ナイフとフォークをなんということなしに動かしている。しかし、ドアが閉まって、二人きりになったとたんに、合図をするのだ。彼女はフォークを差し上げる。それには、鶏の手羽肉がまるごと突き刺してある。フラッシュは進み出る。バレット嬢はうなずく。ひじょうに静かに、ひどく上手に、フラッシュは肉のかけらひとつこぼさないようにして、手羽の肉をはずし、それをのみこんで、なんの跡も残さない。濃厚なクリームがべっとりついたライス・プディングの半分も、同じようにしてなくなった。フラッシュのこのような協力ほど、巧妙で効果的なものはなかったろう。彼は見たところ眠っているような様子で、いつも器用にバレット嬢の足もとに寝そべっているし、バレット嬢は、一見すばらしくおいしい夕食を済ませたというふうをして、横になって休息をとり元気をとり戻している。するとその時、もう一度誰の足音よりも重々しく、ゆったりしてしっかりした足音が、階段の上で立ちどまる。おごそかにノックが響く。その音は入っていいかと訊く叩き方でなく、中へ入れてくれることを要求している。ドアが開いて、ひどく色の黒い、ひときわ怖そうな年輩の男が入ってくる——バレット氏その人だ。彼の目は、すぐにお盆を探す。食事は済んだかい？　言いつけどおりにしているかな？　よろしい、お皿は空っぽだ。娘の従順さに満足の意を表しながら、バレット氏は彼女のそばの椅子にどっしりと腰をおろした。その黒っぽい姿が近づくと、恐怖と嫌悪のふるえが、フラッシュの背筋をさっと走る。それはまるで、野蛮人が雷鳴がとどろくのを神の声と聞き、花蔭にうずくまって、震えているかのようだった。その時、ウイルソンが口笛を吹く。と、フラッシュは、まるでバレット氏が彼の心を読みとることができ、彼がわるいことを考えていたみたいに、さもやましそうにこそこそ逃げ出し、部屋から抜け出し、階下へ走り降りて行った。彼が恐れていた支配力の持主が、寝室に入って来たのだ、彼が抵抗する力を持たない支配力の持主が。一度、彼は、思いがけないときに部屋に急に飛びこんで行ったことがあった。バレット氏は娘のそばに跪(ひざまず)いてお祈りをしているところであった。

3　覆面の男

　ウィンポール街の奥まった寝室でこのような教育を受けたなら、普通の犬でもさぞこたえたことだろう。まして、フラッシュは普通の犬ではない。元気いっぱいだが、しかも考え深く、犬でありながら人の感情にもすこぶる敏感であった。このような犬には、バレット嬢の寝室の雰囲気はとりわけひどくこたえた。彼の感受性にみがきがかけられ、その結果男性的な性格がそこなわれたとしても、彼を責めることはできない。ギリシャ語の辞書を枕にして寝ているうちに、自然に彼は、吠えたり嚙みついたりするのが嫌いになった。彼は犬のたくましさより、猫のひっそりした静けさを好むようになった。そのどちらよりも人間の思いやりを好むようになった。バレット嬢もまた、一生懸命にフラッシュの能力にもっとみがきをかけ訓練しようとした。ある時彼女は窓辺からハープをもって来て、彼のそばに置き、このハープは音楽を奏でるけれど、生きていると思う？　と訊いた。彼はじっと見つめ、耳を傾ける。ちょっとの間、疑わしそうに考えこんでいるようすだったが、それから、これは生きてはいないと決断を下した。それから、彼女はよく、鏡の前に自分といっしょに彼を立たせて、なぜ吠えたり震えたりするの、と訊いた。向き合っているあの茶色の仔犬は、おまえ自身じゃない？　でも「おまえ自身」って、どういうことだろう、それは人に見えるものなんだろうか、それとも自分の中にあるものなのかな、そこでフラッシュは、その問題もよく考えてみた。が、実在についての問題は解くことができず、バレット嬢に身をすり寄せ、「思い入れたっぷりに」彼女にキスをした。とにかく、これだけは、ほんとさ、というわけだ。

そのような問題を考えたすぐあとに、そのような感情のジレンマに神経をかき乱されながら、彼は階下へ降りていった。そして彼の振舞いの中に、野蛮なキューバ産のブラッドハウンドのキャティラインの激怒をかき立てるようなもの――ちょっぴり人を見下す優越感――があったとしても、驚くにあたらない。そこでキャティラインは彼を襲い、嚙みつき、彼は啼きわめきながら、バレット嬢の同情を求めて、二階へ駆けあがるのだ。フラッシュは「豪傑じゃないわ」と、彼女は結論を下した。でもなぜ豪傑じゃないのかしら？　それはいくぶんは、わたしのせいなのじゃないかしら？　彼女はひじょうに公平な心の持主だったので、彼が太陽と外気を犠牲にしたのは彼女のためであると同様に、彼が勇気を犠牲にしたのも彼女のためだということを悟らずにはいられなかった。たしかに、この敏感な感受性にはそれなりの欠点もあった――ケニヨン氏が呼鈴のひもにつまずいたからといって、フラッシュが彼に飛びかかり嚙みついた時には、彼女は何度もお詫びを言わなければならなかった。彼女のベッドで寝させてもらえないからといって、ひと晩じゅう、哀れな声を出して不平を訴えた時や、彼女が食べ物をやらないと食べ物を受けつけない時は、わずらわしかった。しかし、とどのつまり、フラッシュが彼女を愛しているからなのだと、とがめを一身に引き受け、迷惑なことも我慢した。彼女のために、彼はずっと外気と日光にふれないでいるのだ。「フラッシュは可愛がってやる価値がありますわ、そうでしょう?」と、彼女はホーン氏に手紙で尋ねている。そしてホーン氏がどんな返事をしようとも、バレット嬢自身の答えは肯定的であった。彼女はフラッシュを愛しているし、フラッシュには愛してやる価値があるのだ。

このきずなを絶つことは何も起らないように思われた――歳月は、このきずなをますます堅く結びつけるばかりで、そのような年月が彼らの一生涯ずっと続くように思われたのである。一八四二年は一八四三年に変り、一八四三年は一八四四年に、一八四四年は一八四五年に変った。フラッシュはもう仔犬ではなかった。彼は四歳か五歳になった。彼は血気盛りの犬の壮年期を迎えたのである——そしてなおも、バレット嬢はウィンポール街でソファに横たわり、なおもフラッシュはソファの彼女の足もとに寝ていた。バレット嬢の生活は、「籠の鳥」の生活であった。時によると、彼女はいちどきに何週間も家の中に居つづけた。そして外出する時は、ほんの一時間か二時間、馬車で買物に行くか、車椅子でリージェント公園まで押して行ってもらうぐらいであった。バレット家の人々は、決してロンドンから離れなかった。バレット氏に七人の弟、二人の妹、執事、ウイルソンと女中たち、キャティライン、フォリー、バレット嬢とフラッシュ、この人たちみんながウィンポール街五十番地に住み続け、年がら年じゅう食堂で食事し、寝室でやすみ、書斎でタバコをふかし、台所で料理し、化粧用のお湯入れを運び、洗顔で使った汚水を空けていたのである。椅子のカバーはうっすら汚れて、絨緞が少しすり切れてきた。石炭の粉や、泥、すす、霧、タバコの煙や葡萄酒や肉の匂いの入り混じった湯気などが、割れ目や裂け目の中、布地の中、額縁の上や彫刻の渦巻き模様の中にたまっていた。そしてバレット嬢の寝室の窓に垂れさがっていた蔦は、生い茂り、その緑色のカーテンは、ますます厚くなってきた。そして夏には、キンレンゲとベニバナインゲンが、窓辺の植木箱に、いっしょになって賑やかにはびこっていた。

ところが、一八四五年一月初めのある夜、郵便屋が戸口を叩いた。いつものように手紙は郵便受けの中に落ちた。ウイルソンがいつものように、階下へ手紙をとりにいった。何もかもいつもどおりだった——毎晩郵便配達夫は戸を叩き、毎晩ウイルソンは手紙をとりに行き、毎晩バレット嬢宛の手紙が来た。しかし今夜の手紙は、いつもと同じではなかった。それは違った手紙だった。封が切られるまえから、フラッシュにはそれがわかった。バレット嬢の受けとり方——手紙をひっくりかえし、彼女の名前を書いてある闊達（かったつ）な切れこみの鋭い筆蹟を見つめる、そのようすからわかったのだ。彼女の指のなんともいえない震え方、封筒の蓋を引き開ける性急さ、すっかり没頭して読んでいるところから、わかったのだ。フラッシュは彼女が読んでいるのをじっと見守っていた。そして彼女が手紙を読んでいる時に、あの鐘の音を聞いたのである。われわれが半ば眠りかけている時、まるで誰かがはるか遠くで、火事か泥棒か、または何かわれわれの平安を脅かすものに気をつけろと、われわれを目覚めさせようとしているみたいに、街の騒音の中に、ある鐘の音が鳴り響くのを聞き、それが微かだが急を告げるように、われわれに向かって呼びかけているのがわかることがある。ちょうど、そのような鐘の音がフラッシュを眠りから覚まそうと鳴り響くのを、彼はバレット嬢が黒いしみのついた小さな紙片を読んでいる時に聞いたのであった。ある危険が迫ったことを彼に警告している鐘の音、彼の安全を脅かし、もう眠るのは止めろと命じている鐘の音を。

バレット嬢は、すばやく手紙を読む。ゆっくりとそれを読みかえし、封筒の中へ大切そうに戻す。彼女もまた、もう眠るどころではなかった。

幾晩か後に、また同じ手紙がウイルソンのお盆の上にのっていた。再び、それは急いで読まれ、ゆっくり読まれ、幾度もくり返し読まれた。それから、その手紙はミットフォード嬢からの膨大な量の手紙の入っている引き出しの中にではなく、それだけ別のところにしまわれた。今になってフラッシュは、バレット嬢の足もとのクッションに横になって寝そべっていた間に、長年かかって蓄積された感受性の高い代償を払うことになった。彼には、ほかの誰にも見てとることのできない合図を読みとることができたのだ。彼はバレット嬢の指の感触から、彼女がひとつのことだけを待っている――つまり、郵便屋の戸を叩く音を、お盆にのった手紙だけを待っていることがわかっていたのだ。彼女が軽く規則正しく手を動かして、彼の身体をなでていたとする。突然――あの戸を叩く音がすると――彼女の指が締めつける。それから彼はウイルソンが二階へ上がってくる間じゅう、万力にはさまれているみたいだ。それから彼女が手紙を受けとると、彼は手をゆるめてもらい、忘れられてしまうのだった。

しかしバレット嬢の生活に変化がない限り、何を怖れることがあろう、と彼は自分を説得した。そしてどんな変化もなかったし、どんな新しいお客も訪れなかった。いつものようにケニヨン氏がやって来た。ミットフォード嬢もいつもどおりにやって来た。弟妹たちもやって来た。晩にはバレット氏が来た。彼らは何も気がつかず、何も疑わなかった。それで幾晩か封筒なしで過ぎていった時、彼は安心し、敵は消え去ってしまったのだと信じようとした。彼の想像したところでは、マントを着た男、頭巾をかぶり覆面をした人影が、強盗のように通りかかって、ドアをがたがたいわせ、それが堅く閉まっているのがわかって、敗けてこそこそ逃げ去ったのだ。危険は過ぎたのだ、とフラッシュは自分に信じさせようとした。あの男は行ってしまったのだ。するとまた、あの手紙がやって来る。

　だんだん規則的に、毎晩封筒がくるようになるにつれて、フラッシュはバレット嬢自身の変化の兆しに気がつきはじめた。フラッシュには初めての経験だったが、彼女はいらいらし、落ち着きがなかった。彼女は読むことも書くこともできなくなった。窓辺に立って、外を眺める。彼女はウイルソンに、天候のことを心配そうに訊く――まだ東風が吹いているの？　公園には春の兆しがあって？　いえ、いえ、風はまだひどい東風ですよ、とウイルソンは答える。バレット嬢はほっとすると同時にいらいらしている、とフラッシュは感じる。彼女は咳こむ。気分がわるいと訴える――でもいつも東風が吹く頃に気分がわるくなるほどはひどくないわ、と言う。それからひとりきりになると、昨夜の手紙をまたくり返し読む。それは今までに彼女がもらった中でいちばん長い手紙だった。何ページにもわたってびっしり書きこまれ、黒いしみがつき、奇妙な小さいとがった謎のような模様がいちめんにちらばっている。フラッシュは彼女の足もとの自分の居場所から、そのぐらいは見えた。しかし彼には、バレット嬢がつぶやくように自分に読み聞かせている言葉の意味は、ぜんぜんわからない。ただそのページの終りまで読んで、大きな声で「二カ月たったら、三カ月たったら、ぼくはあなたにお会いできるでしょうか？」と読みあげた時（意味はわからなかったけれど）、彼には彼女の心が動揺するのを感じとることができただけだった。

それから彼女はペンをとり上げ、さらさらと神経質そうに、一枚また一枚と便箋にペンを走らせた。しかしあれはどういう意味なのだろう？――バレット嬢が書いたあの小さな言葉は。「四月が近づいています。もしわたくしたちが生きながらえて、迎えることができるなら、五月という月も、六月という月もやってくるでしょう。そして結局のところ、きっとわたくしたちはそうなるのですわ……暖かい陽気がわたくしに少し元気をとり戻させてくれる頃、ほんとうにあなたにお会いしたく存じます……でも最初のうちは、あなたのことを怖いと思うでしょう――こうして書いている時は怖くないのですけれど。あなたはパラケルスス[*1]で、わたくしは世捨て人、わたくしの神経は張りつめていたためにぷつりと切れ、今はだらしなくぶら下って、ひと足ごとにひと息ごとに、震えています。」

フラッシュは、自分の頭の上一インチか二インチのところで彼女が書いているものを、読むことはできなかった。しかし彼はまるでその言葉をどれも読めたみたいに、彼女の心がよくわかった。つまり御主人が書き進めるにつれて、なんと奇妙に心を動揺させているか、どんなに矛盾した願いがその心を揺さぶっていたかがわかったのだ――四月になりますように、四月になりませんようにとか、この未知の方にじきにお会いできますように、その方に絶対お会いできませんように、というふうに。フラッシュも、彼女がひと足ごとに、ひと息ごとに震えると、同じように自分も震えた。そして月日は容赦なく過ぎていく。風がブラインドをふくらませた。陽の光が胸像にあたって、それを白く見せた。小鳥が路地の家で鳴く。ウインポール街を、切りたての花を売り歩く男の声がひびく。これらすべての音は四月が近づいたことを、そして五月も六月も間近いことを意味しているのを、彼は知っていた――あの恐ろしい春の到来を、何ものも止めることはできないのだ。それにしても、春とともに何が来ようとしているのだろう？　何か恐ろしいこと――何かとても怖いもの――バレット嬢も恐れ、フラッシュも怖がっているものが来ようとしているのだ。いま彼は足音が聞こえると、はっとした。けれどそれはヘンリエッタにすぎなかった。それからドアを叩く音がした。それはケニヨン氏にすぎなかった。そんなふうにして四月が過ぎ、五月の初めの二十日間も過ぎていった。そして五月二十一日になると、フラッシュにはついにその日がやって来たのがわかった。なぜかというと、五月二十一日火曜日にバレット嬢は鏡の中を念入りにのぞいて、カシミヤのショールを優雅に身にまとい、ウイルソンに、肱掛け椅子を近寄せておくれ、でもあまり近寄せすぎないで、と言いつけ、あれもこれもと手直ししてから、枕の間にまっすぐ身を起して坐ったからである。フラッシュは彼女の足もとに緊張して身を横たえた。彼らは二人きりで待っていた。ついにメリルボン教会の時計が二つ打つ――二人は待っている。するとメリルボン教会の時計がただひとつ打つ――二時半だ。そのたったひとつの音が消えていった時、玄関のドアを思い切って強く叩く音がする。バレット嬢が青ざめる。じっと静かに寝たままでいる。フラッシュも横になって静かにしている。恐ろしい容赦しない足音が二階へ上がってくる。二階に、あの頭巾をかぶった、真夜中の不気味な姿――覆面の男が上がってきたのだ、とフラッシュにはわかった。今その男の手がドアにふれる。ドアの取っ手がまわる。彼がそこに姿を現わした。

＊1――（六三頁）十六世紀スイスの医師、錬金術師。一八三五年、ブラウニングは同名の詩を書き、評判がよかった。

「ブラウニング様でございます」とウイルソンが言う。

フラッシュがバレット嬢を見守っていると、顔がさっと赤らむのが見えた。眼が輝きを増し、唇が開くのが見えた。

「ブラウニングさん！」と彼女が叫ぶ。

手にした黄色の皮手袋をよじり、まばたきしながら、スマートな身なりの、堂々としているが落ち着きのないブラウニング氏が、部屋を大股で横切ってくる。彼はバレット嬢の手を握ってから、ソファの横の彼女のそばの椅子に深く腰をおろした。すぐに二人は話しはじめる。

二人が話している間じゅう、フラッシュに怖かったのは、自分ひとりがとり残されることであった。かつて彼はバレット嬢と二人きりで、火に照らされた洞窟の中にいるように感じたことがある。もうその洞窟は火に照らされてはいない。暗くてじめじめしていて、バレット嬢は外に出ていってしまった。彼は自分のまわりを見まわす。あらゆるものが変ってしまった。本棚、五つの胸像――それらはもはや満足そうに見守ってくれる好意的な神々ではない――敵意ある容赦しない神々だ。バレット嬢の足もとで、彼は自分の居場所を変えてみた。彼女はぜんぜん気がついてくれない。鼻を鳴らすように啼いてみた。二人にはその声が耳に

ロバート・ブラウニング

入らない。とうとう緊張して押し黙り、心のうちで悶え苦しみながら、じっと動かず横になっていた。二人の話は続いていたが、その話しぶりは、ふつうの話のようにすらすらと流れたり、楽しげにさざめいたりはしない。急に飛躍したり、ぎくしゃくする。それは止まったかと思うと、また飛躍する。バレット嬢の声のあんな響き方——あんなに活気にあふれ、あんなに興奮した声は今まで聞いたことがなかった。今まで見たことがないほど彼女の頬はいきいき輝き、大きな眼は今まで見たことがないほど燃えるような光を帯びている。時計が四時を打つ。二人はまだ話している。それから時計が四時半を打つ。その音を聞いて、ブラウニング氏はさっと立ちあがる。瞬間、瞬間に、恐ろしくてきぱきした、恐ろしく思いきりよい振舞いが目立つ。次の瞬間、彼はバレット嬢の手をきつく握って、帽子と手袋をとり、さようならと言った。彼が階段を駆けおりて行くのが聞こえる。彼の後で玄関のドアがバタンと大きな音をたてて閉まる。彼は帰ってしまった。

しかしバレット嬢は、ケニヨン氏やミットフォード嬢が帰ったあとのように、枕にぐったりと寝たりはしない。今はまっすぐ坐っているままだ。その眼はまだ燃えるように輝いている、頬はまだほてっている。ブラウニング氏が自分といっしょにいる、とまだ彼女は感じているらしい。フラッシュは彼女にさわってみる。彼女ははっとして、彼のことを思い出す。

彼の頭を軽く、嬉しそうに、撫でてくれる。そして微笑みを浮かべて、とても奇妙な視線を投げかける――まるでフラッシュも口がきけたらいいのだけれど、と思っているみたいに――まるで彼女が感じていることを彼にも感じてもらいたいと願っているみたいに。それから彼女は哀れむような笑い声をたてた。まるで、ああ、おかしいわ――フラッシュ、かわいそうなフラッシュは、わたしの感じていることを何も感じられないのよ、とでもいうように。彼は彼女の知ったことが何であるか、ちっともわからなかった。これほど広大な暗澹たる隔たりが、二人をひき離していると感じたことはなかった。彼は無視されたまま、そこに横たわっている。自分はそこにいないのも同じだ、と彼は感じた。バレット嬢は、もう彼の存在を忘れていた。

その晩、彼女は若鶏の肉をきれいにたいらげた。じゃがいもひとかけ、あるいは皮の切れ端も、フラッシュは投げてもらえなかった。バレット氏がいつものようにやって来た時、彼の鈍感さにフラッシュは目を瞠った。バレット氏は、あの男が坐っていたまさにその椅子に腰をおろしたのだ。彼の頭は、その男の頭が押しつけられていた同じクッションにもたれているのに、何ひとつ気がつかない。フラッシュはびっくりした、「その椅子には誰が腰かけていたのか、わからないのですか。あの男の匂いを嗅ぎわけられないのですか」。なぜかといえば、フラッシュにとっては、部屋じゅうまだブラウニング氏のいた時の匂いがぷんぷんしていたからである。その臭気は本棚のそばを一気に通って、五つの青白い胸像の頭のまわりで渦巻き、巻きついた。しかしこのどっしりした男は娘のそばに坐って、すっかり自分の考えに没頭しきっている。彼は何も気づかない。何も怪しんでいない。彼の鈍感さにあっけにとられて、フラッシュは彼のそばをすり抜けて、そっと部屋から出ていった。

しかし、バレット嬢の家族の驚くべき明き盲ぶりにもかかわらず、何週間か経つにつれて、さすがにみんなもバレット嬢の変化に気がつき始めた。彼女は自分の部屋を出て、下へおりて行って客間に坐るようになった。それから彼女は久しくやったことのないことをやった――妹といっしょに、デヴォンシャー・プレイス[*1]の公園の入口まで、ほんとうに自分の足で歩いて行ったのである。彼女の友達や家族は、彼女が丈夫になったのを見てすっかり驚いた。しかしただフラッシュだけが、どこから彼女の活力が湧いてくるのかを知っていた――それは肱掛け椅子に腰かけるあの色の浅黒い男のせいだったのだ。彼は幾度もくり返し訪ねてきた。初めのうちは、週に一度だった。それから週二度になった。いつも彼は午後やって来て、午後のうちに帰って行く。バレット嬢はいつもひとりきりで彼に会う。そして彼が来なかった日には、彼の手紙が来る。彼自身が帰ってしまうと、彼のもって来た花束がそこにある。

そしてバレット嬢は午前中ひとりきりの時に彼に手紙を書いた。どこを見ても、黒い髪と赤らんだ頬と黄色い手袋をもったあの色の浅黒い、身を固くし、ぎくしゃくしている、活気のある男が存在している。自然にバレット嬢は快くなってきた。もちろん彼女は歩けるようになった。フラッシュ自身は、じっと静かに横たわっていることなんかできやしないという感じがした。昔の憧れが蘇えってくる。今までにない落ち着きのなさが彼をとらえる。眠っている時さえ、夢ばかり見ている。彼は昔スリー・マイル・クロス村にいた頃から後はずっと見なかったような夢——丈の高い草むらから、とび出してくる野兎の夢を見た。また長い尾をなびかせて一直線に飛びあがるキジ、ひゅーと音をさせて麦の刈株畑から舞いあがるしゃこの夢を。彼は狩りをしている夢、ある斑入りのスパニエル犬を追いかけ、それが自分から一目散に逃げて行く夢を見た。彼はスペインにいた、ウェールズにいた、バークシャーにいた。リージェント公園の番人のこん棒に追われて逃げていた。そこで彼は目を開ける。野兎も、しゃこもいない。筈もうなっていなければ、黒い肌の男たちが「スパン！　スパン！」と叫んでもいない。いるのは、ソファに寝ているバレット嬢と話をしている肱掛け椅子のバ

＊1——ウィンポール街北のリージェント公園に行く通り。

レット氏だけだった。

その男がそこにいる間は、眠ることは不可能になった。フラッシュは眼をぱっちり見開いて横になり、耳を傾けていた。時によると週に三度、二時半から四時半まで頭上を飛びかうお喋りの意味はぜんぜんわからなかったが、恐ろしいほど正確に、話の調子が変って来ているのを認めることができた。バレット嬢の声は、初めのうち無理に声を出し、不自然な活気をもっていた。今ではその声は、以前は彼が聞いたこともないような熱っぽさと気楽さを帯びている。そしてあの男が来るたびに、二人の声には何か新しい響きが加わった――ある時は異様なさえずり方をし、ある時は大きく飛びまわる鳥のように、彼の頭上をかすめ、ある時は巣にとまっている二羽の鳥のように、クークーと鳴き、コッコッと鳴く。それからバレット嬢の声は再び高くなり、天高く舞いあがり、輪を描く。するとブラウニング氏が、鋭い耳ざわりな、羽ばたきのような笑い声をがなり立てる。それから二人の声がいっしょになって、呟(つぶや)くような静かな含み声をたてる。しかし夏が過ぎ秋も深まってくるにつれて、フラッシュはもうひとつ別の調子に気づき、ひどく心配になった。男の声の中に、これまでになくしきりに催促するような調子、新しい強制するような力強さがあり、それを聞いてバレット嬢は、フラッシュの感じでは、びっくりしているようだった。彼女の声は震え、ためらっている。まるで休息を、ひと息つくことを乞うているみたいに、まるで恐れているみたいに、その声は口ごもり、かすれ、言い訳をし、あえいでいるようだった。すると男の方が黙りこくった。

二人はフラッシュのことなど、ほとんど気にかけなかった。ブラウニング氏はたまに彼に気をつかってくれはしたけれど、フラッシュはバレット嬢の足もとにころがっている丸太棒も同じであったろう。時おり、彼はそばを通る時に、きびきびと発作的なやり方で、勢いよく、心をこめたりせずに、彼の頭を掻いてくれた。どういうつもりで掻いてくれるのかはわからないが、フラッシュはブラウニング氏のことをただただ大嫌いだと感じた。りゅうとした服を着こなし、手にした黄色い手袋をぎゅっと握りしめている、非常にひきしまった筋肉質の彼の姿を目にすると、フラッシュは歯の浮くような不快さを感じた。ああ、彼のズボンの生地をとおして鋭い歯でパクッと噛みついてやれたら！　それでも彼は、そうする勇気がなかった。あれこれ考えあわせてみると、その冬——一八四五年から六年にかけて——はフラッシュが今までに味わったいちばん辛い冬であった。

冬が過ぎ、再び春がめぐって来た。フラッシュにはこの事件がいつ終るとも見当がつかない。それでもちょうど川が、木々や草を食む牛や、木梢のねぐらに帰るミヤマガラスの影を映しながらも、なおも滝へ向かって流れていくのをどうすることもできないのと同じように、毎日毎日が破局に向かって進んでいることがフラッシュにはわかっていた。転地の噂があたりに漂っている。ときどき彼には、何か家じゅうそろって出ていく時がさし迫っているように思える。家の中には、あろうことか、旅行の前ぶれの、あの言うに言われぬ慌しさがある。現に、旅行用トランクの埃がはらわれ、信じてもらえそうもない話だが、蓋が開けられた。それからまた蓋が閉められた。いや、引越そうとしているのは家族全体ではなかった。弟妹たちはまだいつものように出入りしている。バレット氏はあの男の帰った後で、毎晩いつもの時間にやってくる。それではいったい何が起ろうとしているのだろう？　というのは、一八四六年の夏が過ぎていくにつれて、ある変化が近づいているのがフラッシュにはますますはっきりしてきたからだ。二人の果てしのないお喋りの声の調子が変ってきたことで、彼は今度もそれを聞きわけることができた。バレット嬢の訴えかけるようでおずおずしていた声が、そのためらいがちな調子を失くした。彼女の声には、フラッシュが今までに聞いたこともないようなきっぱりとして腹のすわったような響きがあった。ああ、彼女がこの強奪者を歓迎する時の声の調子、彼女が彼を迎える時の笑い声、彼が彼女の手を握る時の嬉しそうな叫び声を、バレット氏に聞かせてやることができたら！　しかし部屋には、二人とフラッシュ以外誰もいなかったのだ。彼にとっては、この変化はひじょうにいまいましい性質のものだった。バレット嬢のブラウニング氏に対する態度が変ってきたというだけではない——彼女は自分と関係ある者すべてに対して——フラッシュ自身に対する感情さえも変ってきている。フラッシュの方から近づいても、彼女はずっとそっけなくあしらうようになった。彼の親愛の情の表現を笑ってさえぎる。彼の昔からの愛情のこもった振舞い方に、何かとるに足らない、馬鹿らしいわざとらしいところがあると彼女は彼に感じさせるようになった。フラッシュの虚栄心はいらだった。嫉妬の炎が燃えあがった。ついに七月になった時、彼女の好意をとり戻そうとして、おそらくはこの新参者を追い払おうとして、ひとつ荒っぽいことをやってみようと心に決めた。どうやってこの二つの目的をなし遂げるべきか、彼にはわからなかったし、計画をたてることもできなかった。しかし七月八日に突如として、彼は自分の感情に負けた。彼はブラウニング氏にとびかかり、猛然と噛みついた。ブラウニング氏のズボンのしみひとつない布地をとおして、やっと彼の歯と歯が噛み合った！　しかしその中の脚は鉄のように固かった——これに比べればケニヨン氏の脚はバターみたいなものだ。ブラウニング氏は片手でピシャッと彼を払いのけて、話をつづけた。彼もバレット嬢も、この攻撃を注目に価するものとは思わないようすだった。すっかり気を挫かれ、うち負かされて、矢筒には一本の矢も残っていず、フラッシュは激しい憤りと失望を感じて、息をはあはあさせながらクッションにぐったりもたれかかった。だが彼はバレット嬢の洞察力を見誤っていた。ブラウニング氏が帰ってしまうと、彼女は自分のところへフラッシュを呼びよせ、彼がこれまでに味わったいちばんひどい罰を科した。はじめ、彼の耳をピシャリと打った——これぐらいは何でもない。奇妙なことだが、ピシャリとやられることをむしろ彼は好む方だ。喜んでもうひとつ打たれてもいいほどだ。しかし次に、彼女はある種のまじめな調子で、これからは二度とおまえを可愛がってやらないわ、と言った。その矢は彼の心にぐさりと刺さった。長い間ずっと彼らはいっしょに暮らし、何でも二人で分かち合ってきた。それなのに今になって、たった一瞬のあやまちのために、彼を二度と可愛がってやらないというのだ。それから、まるで彼女が見捨てたことをはっきりさせるみたいに、ブラウニング氏が持ってきた花束を手にとって、水を入れた花びんに生けはじめた。あれはわざと計画的にやっている意地悪だ、おまえなどとるにも足らないということをよくわからせてやろうともくろんだ行為なのだ、とフラッシュは思った。「この薔薇はあの方の贈り物よ。それからこのカーネーションも。赤い花を黄色の花で引きたてましょう。黄色い花は赤い花で。それから緑の葉は、この辺に生けて——」と言っているようだった。そして花と花をとり合わせながら、自分の目の前に彼がいるかのように、後ろへ下がって花を見つめていた——黄色の手袋をはめた男が——目もさめるようないくつもの花に姿を変えたみたいに。しかしそうはいっても、葉や花をぎゅっと握りしめている時でさえ、彼女はフラッシュが自分の方をじっと見つめている視線をすっかり無視することはできなかった。「彼の顔に浮かんだまったく絶望したという表情」を否定できなかった。彼女は哀れに思わずにはいられない。「とうとうわたくしは、〈フラッシュ、いい子ならここへ来てごめんなさいと言いなさい〉と言ってやりました。すると彼は部屋を横切って走り寄ってきて、身体じゅう震わせながらまずわたくしの片方の手に、それからもう一方の手にキスしました。そして握手してもらおうと前足をあげ、哀願するような眼をしてわたくしの顔をのぞきこんだのです。そのようすをごらんになったら、あなたもきっとわたくしと同様、彼を赦してやりになったでしょう。」これがブラウニング氏に書き送った彼女のこの事件についての弁明である。そしてもちろん彼はこう返事を書いた。「ああ、気の毒なフラッシュ、彼が油断なく見張っているからといって——あなたに慣れているあまり、ほかの人に慣れにくいからといって、ぼくがフラッシュを嫌いになったり、尊敬しなくなったりする、とあなたはお考えですか?」ブラウニング氏が寛大になるのは、ひじょうにたやすいことだった。しかしその気楽な寛大さが、おそらくフラッシュの横腹にいちばん鋭く突き刺さったとげだったろう。

　数日後に別の事件が起り、あのように親密だった彼らが、どのくらい遠く隔たっているか、今ではフラッシュはバレット嬢の同情に頼ることなど、どれほど無理かがわかった。ある日の午後、ブラウニング氏が帰ったあとで、バレット嬢は妹といっしょにリージェント公園へ馬車に乗って行くことに決めた。彼らが公園の門のところで降りる時、四輪の辻馬車のドアが閉まって、フラッシュの前足をはさんだ。彼は「哀れっぽい啼き声をたて」、バレット嬢に向かって同情を求めてその足をさし出した。以前だったらもっと大したことでなくとも、あふれるばかりの同情が彼に惜しみなく与えられたことだろう。けれども今は、無関心なからかうような批判的な表情が、彼女の目に浮かんでいる。彼女は彼を嘲笑(あざわら)っている。彼が大げさにしていると思っている。「……彼は足が草に触れたとたんに、足の痛みなどすっかり忘れて走りだしました」と手紙に書いている。そして皮肉をこめてこう批評を加えている。「フラッシュはいつでも、自分の不幸をできるだけ大げさに言うのです――彼はバイロン一派なので――受難者気(イル・ス・ポーズ・アン・ヴィクティーム)どりなのですね。」しかしこの点については、自分自身の感情に夢中になっていたバレット嬢は、彼をまったく誤解していた。たとえ自分の前足が折れていても、なお彼はとび跳ねて行ったろう。その突進ぶりが、彼女の嘲笑に対する彼の返事だったのだ。もうあなたとはこれで縁切りです——というのが、彼が走りながら彼女に向かってぱっと閃くように伝えた意味だったのだ。彼には花々の香りがにがにがしく匂ってくる。芝生は前足を熱さでひりひりさせる。埃が鼻の穴に入って幻滅を感じさせる。しかし彼は走った——跳ねまわった。「犬は鎖で引かなければいけません」——いつもの立て札が立っている。シルクハットをかぶり、こん棒をもち、その規則を実施する番人もいる。けれど「いけません」という言葉は、もう彼には何の意味も持っていない。愛のきずなは切れたのだから。どこでも好きなところへ走って行こう。しゃこを追い、スパニエルを追いかけ、ダリアの花壇の真ん中へとびこみ、輝くような赤や黄色の花びらを開いている花をへし折ってやろう。番人たちがこん棒を投げつけたいのならやらせておけ。ぼくの脳味噌をとび出させてくれ。バレット嬢の足もとに、臓物（ぞうもつ）を出して死んで横たわらせてくれ。どうなろうとぼくは構わないんだ。しかし当然のことだが、そういうことはどれも起らなかった。誰も彼を追いかけなかったし、誰も彼など気にとめなかった。ひとりぼっちの番人は、子守りと話をしている。ついに彼はバレット嬢のところへ戻って行き、彼女はうわの空で彼の首に鎖をすべり込ませ、彼を家に引いて帰った。

　このような二度の恥ずかしい思いをしたあとでは、ふつうの犬の心なら、いやふつうの人間の心でさえも、挫けてしまったことだろう。しかしフラッシュは、やわらかく絹のような毛をしているのに、燃えるような眼つきをしていた。あかあかと燃え上がる炎のような情熱ばかりでなく、沈んでくすぶる情熱をも持っていた。彼は敵に面と向かって、たったひとりで立ち向かおうと決心した。この最後の決戦は、どんな第三者もさえぎってはならない。それは本人たちだけで戦いぬくべきものだ。だから七月二十一日火曜日の午後、彼は階下へ抜け出して、玄関で待ちうけていた。長く待つ間もなかった。じきに彼は、街路の方で耳慣れた足音が響くのを聞いた。ドアを叩く耳慣れた音がする。ブラウニング氏が招じ入れられる。今にも起ろうとしている攻撃にうすうす気づき、できるだけ味方にひき入れようという気持でそれに対処しようと心に決めて、ブラウニング氏はケーキをひと包み用意してやって来た。玄関ではフラッシュが待っている。ブラウニング氏が善意から彼を撫でようとしたのは明らかだ。おそらく彼にケーキをひと切れ差し出そうとまでしたのだろう。その身ぶりだけでじゅうぶんだった。フラッシュは敵に向かって、これまで見せたこともないような狂暴さでとびかかった。彼の歯と歯は再びブラウニング氏のズボンの中で合わさった。けれど運わるくその瞬間、激昂のあまりいちばん大切なこと――沈黙していることを忘れてしまった。彼は吠えた、ブラウニング氏に大声で吠えながらとびかかった。その音は家じゅうを驚かすのにじゅうぶんだった、ウイルソンが階段を駆けおりてくる、ウイルソンは彼をしたたか打つ。ウイルソンは完全に彼を打ち負かす。ウイルソンは彼を不名誉にも引ったてていった。たしかに不名誉だった――ブラウニング氏を襲い、ウイルソンに打たれるなんて。ブラウニング氏は指一本動かさなかった。ケーキを持って、ブラウニング氏は傷つきもせず、冷静に落ち着きはらって、二階の寝室へ向かってひとりで進んで行った。フラッシュは引ったてられて行き、いなかった。

台所で鸚鵡やゴキブリ、羊歯類やシチュー鍋といっしょに、二、三時間も閉じこめられた後で、フラッシュはバレット嬢の面前に呼びだされた。彼女はそばに妹のアラベラをはべらせ、ソファに横たわっていた。自分には正当な理由があるのだと意識しながら、フラッシュはまっすぐ彼女の方へ進んで行く。しかし彼女は彼に視線を注ぐのを嫌がっている。彼はアラベラの方を向く。アラベラはただ「いたずらっ子のフラッシュ、あっちへ行っておしまい」と言うだけだ。ウイルソンもそこに来ていた――あの恐ろしい、なかなか赦してくれないウイルソンが。バレット嬢が報告を求めたのは、ウイルソンに対してである。ウイルソンは「それが当然なやり方でしたから」、彼をぶったんですと言った。そして、手でぶっただけなんです、とつけ加えた。フラッシュが有罪を宣告されたのは、彼女の証言によるものである。これという理由もなくフラッシュは攻撃をしかけたのだ、とバレット嬢は推測した。ブラウニング氏はあらゆる美徳と寛大さをそなえた人である、と彼女は信じきっているのだ。フラッシュは、「それが正当なやり方だった」から、女中に咎なしの素手で打たれたのだというわけである。これ以上、もう何も言うべきことはない。バレット嬢は、彼に不利な判決をくだしたのだ。「そこで、彼はわたくしの足もとの床に寝そべって、上眼づかいにわたくしをじっと見つめていました」と彼女は書いている。しかしフラッシュの方はじっと見つめていたけれど、バレット嬢の方は彼と目を合わせることすら嫌がった。彼女はそこのソファの上に横たわり、フラッシュはそこの床の上に寝そべっていた。

彼がそこの絨緞の上に、流刑にされたように横たわっていると、あの嵐のような感情の渦に巻きこまれた。その渦の中では、魂は岩に打ちつけられて砕け散るか、あるいはひと房の海草か何かの足がかりを見つけ、ゆっくりとひどく骨折って這いあがり、乾いた陸地に再び立って、ついには、荒廃した宇宙の上に姿をあらわし、今までとは別の計画にしたがって新しく創造された世界を見渡すようになる。滅亡か、再生か？——どちらにすべきか、それが問題だ。ここでは、フラッシュの感じているジレンマのほんの概略だけを跡づけられるのみである。なぜなら彼は黙りこくって自問自答していたからである。二度もフラッシュは、精いっぱい敵をやっつけようとした。二度とも失敗だった。なぜ失敗したのだろう？　彼は自問した。なぜかと言うと、彼がバレット嬢を愛しているからだ。彼女がきびしい顔つきで黙りこくってソファに横になっているのを、上眼づかいに見上げながら、彼は自分が永久に彼女を愛さなければならないのを悟った。ものごとは決して単純でなく、複雑にいりくんでいるのだ。もし自分がブラウニング氏に嚙みつくなら、自分は彼女にも嚙みつくことになるのだ。憎しみは憎しみのみではない。憎しみはまた愛でもある。ここでフラッシュは、当惑して苦しくなり、耳を振った。彼は落ち着きなく床の上で寝返りをうった。ブラウニング氏はバレット嬢で――バレット嬢はブラウニング氏なのだ。愛は憎しみであり、憎しみは愛なのだ。彼は伸びをして、鼻を鳴らし、床から頭をあげた。時計が八時を打つ。三時間以上も彼はそこに横たわって、ジレンマの角（つの）から角へと、ほうり上げられていたのだ。

厳しく冷淡で和解しにくい、さすがのバレット嬢もペンを置いた。「いたずらなフラッシュ！」と、彼女はブラウニング氏宛に、書いていた。「……もしフラッシュみたいな人間たちが、犬のように乱暴に振舞おうとするのなら、その人たちは自分の振舞いの結果に責任を負わなくてはなりません、犬だってふつうそうしているように！　フラッシュに対してとても親切に優しくして下さるあなた、あなた以外のどんな人も、少くとも〈早まった言葉〉

をひとつやふたつ、口に出したことでしょう。」口輪を買ってくるのが、ほんとうによいやり方かもしれない、と彼女は考えた。その時彼女は目をあげ、フラッシュを見た。彼の表情の異常な何かが、彼女の心を打ったにちがいない。彼女は手をとめる。ペンを置く。昔、彼がキスをして、わたしをはっと我に返らせてくれたことがあった、わたしはその時彼のことを牧羊神（パン）だと考えたっけ。彼が若鶏の肉とクリームがたっぷりかかったライス・プディングを食べてくれたこともあったわ。わたしのために陽の光をあきらめてくれたこともあったのよ。彼女は自分のそばへフラッシュを呼んで、おまえを赦してあげるわ、と言った。

　しかし、まるで一時の気まぐれのようにして赦してもらうということ、床の上で悶々（もんもん）としていた時に、まるで彼が何も悟らなかったみたいに、実際はすっかり変っているのに、前と同じ犬であるみたいに、ソファの上へ呼び戻されるということは、とても我慢ならないことだった。今のところは、くたびれ果てていたので、フラッシュは従った。しかしながら数日たって、彼とバレット嬢との間に珍しいやりとりがあって、彼の感情の深みをのぞかせた。ブラウニング氏がさっきまでいて、帰って行った。フラッシュはバレット嬢と二人きりだ。ふつうなら、彼はソファの上の彼女の足もとに跳びあがったことだろう。しかし今は、いつものように跳びあがって彼女の愛撫を求めるかわりに、フラッシュは「ブラウニング氏の肱掛け椅子」と今では呼ばれている椅子のところへ行った。いつもなら、その椅子は彼の大嫌いなものだった。それには、彼の敵の坐った跡がまだ残っていた。しかし今は、激しい心の闘いにうち勝ち、寛容の精神が心にみなぎっていたので、彼は椅子をただ見つめただけでなく、見つめながら「突然、恍惚とした喜びにひたった」のである。バレット嬢は彼をじっと見つめていたが、この驚くべき兆しに気がついた。次に彼女は、フラッシュが目をテーブルの方へ向けるのを見た。そのテーブルの上には、ブラウニング氏のケーキの包みがまだのっている。彼は「あなたがくださったケーキがテーブルにのっていることをわたくしに思い出させてくれたのです」。それはもう古くなったケーキ、かび臭いケーキで、食欲をそそるようなところがなくなったケーキだった。フラッシュの言おうとしていることは、明らかだった。彼はケーキが新しかった時には、それが敵にもらった物だからと言って、食べるのを拒否した。ケーキがかび臭くなった今、それをくれた敵は友達になったのだから、それは憎しみが愛に変ったことの象徴なのだから、それを食べようというつもりなのだ。そうなんです、ぼくは今ケーキを食べたいんです、という身ぶりをした。そこでバレット嬢は立ちあがり、ケーキを手にとった。そしてケーキをやりながら、彼女は彼に教えさとした。「そこでわたくしは、このケーキはあなたがおまえのためにに持って来てくださったのよ、と説明してやりました。だから、先日のいたずらは恥ずかしく思って当然だということも。今後はあなたを好きになって嚙みついたりしないと決心しなくてはいけないと言ってやったのです――それから、彼はあなたの御親切の賜物をごちそうになるのを許されたのです。」そのパイの皮のしんなりしてしまったまずい薄片を呑みこみながら――かび臭くて、腐りかけて、すっぱかったが――フラッシュは、彼女がさっき言った言葉を自分自身の言葉にして、おごそかにくり返した――ぼくは今後ブラウニング氏を愛し、嚙みついたりしないことを誓います。

即座にこの報いを彼は受けた――報いとは、かび臭いケーキや、若鶏の手羽肉や、今は自分のものとなった愛撫や、ソファの上のバレット嬢の足もとに再び寝てもよいという許可ではない。彼は精神的に報われたのである。しかしその効果は、奇妙にも肉体的なものだった。鉄のかせが、その下にあるすべての肉体的生命を腐らせ、ただれさせ、殺すように、憎しみがこの数カ月というもの、彼の魂の上いっぱいにのしかかっていた。いまや鋭いメスで切り裂き、痛い手術をしたおかげで、鉄かせは切りとられた。血液は再び流れ、神経はひりひり、ずきずきうずいた。自然は春のように歓喜の声をあげた。フラッシュには小鳥がまた鳴いているのが聞こえる。木々の葉が芽吹いているのが感じられる。ソファの上のバレット嬢の足もとで横になっていると、満ち足りた歓喜の情が彼の血管の中を流れて行く。今では彼は、二人と一体であり敵ではない。二人の望みや願い、二人の欲求は、彼のものでもある。今では、フラッシュはブラウニング氏に共感をあらわして、吠えることもできただろう。彼の短い鋭い言葉を耳にすると、首から背中へかけての毛が逆立った。「火曜日が一週間つづいてくれるといいんですが」とブラウニング氏が叫ぶ。「それからひと月——一年——一生の間！」フラッシュは彼の言葉をこだまのようにくりかえす。ひと月——一年——一生の間！続いてくれるといい。あなた方お二人の願っていることは、ぜんぶぼくの願いなんです。ぼくたちは、ひじょうに名誉ある目的のためにつくしている三人の共謀者なんです。ぼくたちは共感しあっている仲間、同じものを憎んでいる仲間なんです。腹黒いしかめっつらの圧制に反抗している仲間です。ぼくたちは同じものを愛している仲間です。——つまりいまやフラッシュのすべての望みは、かすかに危ぶまれてはいるがそれでもだんだん確かに近づいてきつつある勝利に、彼ら三人の共通のものとなるはずの輝かしい勝利に、つながっていた。その時突然、ひと言の警告もなく、文明と安全と友情に囲まれているさなかに——九月一日火曜日の午前中のこと、彼はヴィア街のある店に、バレット嬢やその妹といっしょにいた——フラッシュは、まっ逆さまに暗闇の中へ転落させられたのだ。牢獄の扉が彼を閉じこめた、彼は誘拐されたのである。†

4　ホワイトチャペル

バレット嬢は手紙にこう書いた。「今朝、アラベルとわたくし、そしてフラッシュもいっしょに、ちょっとした用事で、ヴィア街まで辻馬車で出かけました。彼はいつものようにわたくしたちについて店に入り、また出て、わたくしが馬車に乗ろうとした時は、すぐ後ろにいたのです。ふり返って、わたくしは〈フラッシュ〉と呼びました。アラベルもフラッシュを探してまわりを見まわしました――フラッシュがいないのです！　その時には、車輪の下から、さらわれていたのです。おわかりになりますでしょうか？」ブラウニング氏にはまったくよくわかった。バレット嬢は鎖をつけるのを忘れていたのだ。だからフラッシュはさらわれたのだ。一八四六年には、ウィンポール街とその近辺では、そういう掟（おきて）だったのである。

ウィンポール街ほど、見かけのどっしりとした、安全そうに見える場所はほかにない。それは事実だ。病弱の者が散歩したり、車椅子に乗って行く限りでは、四階建ての家々や厚板ガラスの窓、マホガニー材のドアのほかは、眼に入らない。午後のドライブに行く二頭立ての馬車でさえ、もし御者に思慮があれば、上品で立派な区域を外れて行かずに済む。しかしもし病人でもなく、二頭立て馬車も持たず、活動的で身体強健な散歩好き——多くの人々がそうなのだが——ならば、ウィンポール街のすぐ近くに、ウィンポール街そのものがどっしりしていることにさえ疑いをはさみたくなるような光景を見、言葉を耳にし、匂いをかぐだろう。トマス・ビームズ氏[*1]が当時、ロンドンを歩きまわってみようと思いたった頃には、そういうふうに見えたのである。彼は驚いた。実際ショックを受けた。ウェストミンスター[*2]にはすばらしい建物がそびえている、だがすぐその後ろには、壊れかかった家畜小屋があり、牛の群のすぐ上に人間たちが群らがって住んでいる——「七フィート四方ごとに二人ずつ」。彼は自分が見たものを人に知らせなくては、と感じた。しかし牛小屋の二階で二、三家族がひとつの寝室に住まっているようすを、どうやったら洗練された筆致で描きだせるだろうか？　牛小屋には換気設備もなく、寝室のすぐ下では牛のミルク搾（しぼ）りや屠畜が行われ、肉が

*1—牧師、歴史家、社会改良家で『ロンドンのミヤマガラスの森』（一八五〇）の著者。
*2—議事堂、官庁などのある、ロンドンの中央の自治区。

食べられたりしているというのに。ビームズ氏がこういうありさまを書いてみようとした時に思ったとおり、これはとても骨の折れる仕事で、英語のもつ豊かな力をすべて使ってみなければできない仕事であった。それでも彼は、午後の散歩でロンドン最高の貴族的な地区を歩いていて、自分の目に入ってきたものを書きとめておくべきだと感じた。発疹チフスにかかる危険がひじょうにあった。金持ちの人たちは自分たちがどんな危険を冒しているのかを知ることもできなかった。ウェストミンスター[*1]やパディントンやメリルボン[*2]で自分が何を見たかを思った時、彼には沈黙などしてはいられなかったのである。たとえばここに、以前はある大貴族のもちものであった一軒の古い邸宅がある。大理石のマントルピースの名残りのかけらが残っている。各部屋には鏡板が張ってあり、階段の手すりには彫りものが刻まれている。しかし床は腐り、壁には汚いしずくが垂れている。昔宴会場だった部屋には、なかば裸の男女の群が住みついている。それから彼は歩きつづけていく。ここでは企業心に富む建築業者が昔の貴族の邸宅を壊して、その跡に安ぶしんの棟割(むねわり)長屋を急造してある。屋根から雨漏りがして、風が壁を吹きぬける。ひとりの子供があざやかな緑色の流れの水を汲もうとブリキの罐(かん)をつっこんでいるのを見て、彼はその水を飲むのと訊いた。そうだよ、洗濯もこの水でするんだ、だって大家さんは一週間に二度しか水道の水を使わせてくれないんだから。

ロンドンでいちばん閑静で上品な住宅街でさえも、同じような光景に出くわす――「もっとも貴族的な区域も同じことをしている」のだから、いっそう驚く。たとえばバレット嬢の寝室の後ろには、ロンドンでいちばんひどい貧民街（スラム）のひとつがある。あのような上品な区域と隣合わせにこのような汚い所があるのだ。しかしずっと昔に貧民たちに引き渡され、邪魔も入らずそのままになっている区域もある。ホワイトチャペル[3]や、トットナム・コート・ロード[4]街のつきあたりにある三角形の土地[5]では、貧困と悪徳と悲惨さとが、何世紀もの間、なんの干渉も受けずに生まれ、騒々しく煮えたぎり、繁殖しつづけてきたのである。セント・ジャイルズに密集した古びた建物の塊は、「ほとんど犯罪者植民地[6]にそっくりで、乞食たちの都そのもの」であった。このように貧民が集まっているこの場所は、ミヤマガラスの森と呼ばれていたが、まさにぴったりの言い方だ。というのはミヤマガラスが木々の梢に黒く群ら

＊1―メリルボン西北の住宅地区で南はハイドパークに接する。
＊2―ロンドン西北の高級住宅地区、リージェント公園、ウィンポール街を含む。
＊3―ロンドンのイースト・エンドの一部、貧民やユダヤ人が多く住む地域。
＊4―オックスフォード街東端から北へ走る通りで、いかがわしい店が多い。
＊5―トットナム・コート・ロード南端のニュー・オックスフォード街とチェアリング・クロス・ロードにはさまれた三角形のセント・ジャイルズ地区、十七世紀半ばの疫病発生地区。
＊6―オーストラリアのように犯罪者を送りこんで建てた植民地。

がるように、ここでは人間が互いに重なり合って群らがっていたからである。ただここでは建物が木々ではないだけだ。それらの建物はもうほとんど建物とも呼べなくなっている。それらは汚物の流れる狭い道によって、縦横に区切られている煉瓦造りの蜂の巣の穴だ。一日じゅう、衣服もちゃんと着ていない人間たちが、その狭い道で蜂のようにぶんぶんざわめいている。夜になると、一日じゅうウェスト・エンド[*1]でせっせと稼いできた泥棒、乞食、売春婦たちが、その流れの中へまた舞い戻ってくる。警察は何も手を出せなかった。ひとり歩きする者はできるだけ足早やに通りすぎるしかなく、ビームズ氏がしたように人の言葉をたくさん引用したり、逃げ口上や遠まわしな言い方をたくさん使ったりして、すべてはぜんぜんあるべき姿になっていないということをほのめかすぐらいが精いっぱいだ。コレラが発生しそうだ、そしてコレラもある役には立つ、とほのめかすぐらいなら、さほど逃げ口上でもないだろう。

しかし一八四六年の夏には、まだそのような事がほのめかされることなどなかった。そしてウィンポール街とその付近に住む人々にとって、ただひとつの安全な道は、自分たちの住む上流住宅地域から一歩も外へ出ないこと、犬を鎖で引くことだった。バレット嬢のようにそれを忘れれば、その罰を受けなければならない。これからバレット嬢が罰を受けようとしているように。ウィンポール街の目と鼻の先にセント・ジャイルズがあるところからくる条件は、よく知られているものだ。セント・ジャイルズはできる限りのものを盗みとるのだ。ウィンポール街は支払わなければならないだけ支払う。そういうわけで、アラベルはすぐさま「せいぜい十ポンド払えば、フラッシュを取り戻せるのは確かよ、と言ってわたくしを慰めはじめたのでした」。十ポンドというのが、コッカー・スパニエルに対してテイラー氏が要求しそうなおよその金額だ、と思われた。テイラー氏はギャングの親玉だった。ウィンポール街に住む婦人は、犬がいなくなるとすぐさまテイラー氏のところへ出かける。彼はその犬に値段をつけ、その金額がすぐ払われる。さもないと、その犬の首と手足を包んだ茶色の紙包みが、数日後にウィンポール街に配達される。テイラー氏と話をつけようとした近所に住むある婦人は、少くともそういう目にあったことがある。しかしバレット嬢はもちろんお金を払うつもりだった。だから家に帰ると弟のヘンリーに話し、その午後ヘンリーはテイラー氏に会いに行った。彼はテイラー氏が「絵の額のかかっている部屋で、葉巻をくゆらせている」ところを見つけた――テイラー氏はウィンポール街の犬のお蔭で、年二、三千ポンド

＊1――ロンドンの西区、ピカデリーを中心とする商店街、高級住宅街などを含む。

も儲けると言われている――テイラー氏は彼の「組合」の者に相談してみよう、犬は翌日返すことになるだろう、と約束した。これはいまいましいことだったが、とりわけバレット嬢が少しでもお金が欲しい時期にまったくいらだたしいことだったけれども、一八四六年に犬を鎖につなぎ忘れたことの避けられない結果だったのである。

しかしフラッシュにとっては、事情はひじょうに異っていた。フラッシュは、とバレット嬢は考えこんだ、「わたしたちが彼を助けてやれるなんて、わかっていないんだわ」。フラッシュは人間社会の法則をよくのみこんでいない。「今夜はひと晩じゅう、フラッシュは吠えたり悲しんだりしているでしょう、わたくしにはまったくよくわかるのです」と、バレット嬢は九月一日火曜日の午後、ブラウニング氏宛に書き記している。しかしバレット嬢がブラウニング氏に手紙を書いている間に、フラッシュは生涯を通じていちばん恐ろしい経験をしていた。彼はすっかりうろたえていた。ある瞬間、彼はヴィア街のたくさんのレースやリボンの間にいた。次の瞬間、袋の中へさかさまにして投げこまれ、街を急いでガタガタ揺られていき、ついに投げだされたのが――ここだった。まわりは真っ暗闇だ。冷えびえとして、しめっぽい。目まいがなおるにつれて、天井の低い暗い部屋の中に、いくつかのものの形が見わけられてきた――こわれた椅子、放り出されているベッドのマットレスなどが。そうするうちに捕まえられ、何か邪魔物に片足をしっかりと結びつけられた。何かが床の上を這っている――獣か人間かわからない。大きな長靴と裾をずるずる引きずったスカートが、まごまごと出たり入ったりする。床の上の古い腐りかけの肉の切れっぱしに、蝿がブンブン群がっている。暗い隅の方から子供が這いだして来て彼の耳をつねる。キャンキャン鳴くと、どっしり重い手で頭を叩かれる。彼はおじけついて壁ぎわの二、三インチの湿った煉瓦の上にちぢこまった。床にはいろいろな動物が群らがっているのが、今になって見えてきた。犬どもは手に入れた腐りかけの骨を奪い合って引きちぎり、口にくわえて振りまわしている。犬たちのあばら骨は毛皮からとびでている――なかば餓死しかけ、汚れて、病気にかかり、毛も梳いたりブラシをかけたりもしてもらえない犬たち、それでもこの犬たちはみな自分と同じように、最高の飼育を受け、鎖でつながれ、下男に世話されていたのだ、とフラッシュにはわかった。

彼はクンクン鼻をならす勇気さえなく、何時間も横になったままだった。喉が渇くのがいちばん苦しかった。近くのバケツの中の緑色のどんよりした水をひと口飲むと、胸がむかついた。こんな水をもうひと口飲むよりは死んだ方がましだ。それでも堂々としたグレイハウンドは、その水をガブガブ飲んでいる。ドアが足で蹴って開けられるたびに、フラッシュは顔をあげた。バレット嬢――バレット嬢が来たのかしら？　とうとうやって来てくれたかな？　しかし入って来たのは毛深い荒くれ男で、犬たちを蹴ちらかし、こわれた椅子の方へよろよろ歩いて行くと、そこへどさりと坐った。そのうちにだんだんと暗くなった。床やマットレスやこわれた椅子の上のものは、どういう姿形なのか、フラッシュにはほとんどわからなくなってきた。炉棚の上に使い古しのろうそくが立てられる。家の外の道路に灯がともって、溝に映っている。そのゆらめく粗末な光で、フラッシュは外を通る怖い顔がこちらの窓をにらんで通りすぎるのを見た。そうするうちに人々がどんどん入ってきて、とうとうこの小さな混雑した部屋はいっぱいになり、フラッシュは後じさりして壁にもっとくっついて寝なくてはならなかった。この恐ろしげな怪物たちは――ある者はぼろをまとい、ある者は紅や羽飾りをつけているが――床にうずくまる。猫背になってテーブルにつく。人々は飲みはじめる。お互いを罵（ののし）ったり、なぐったりしている。床に放りだされた袋の中からまたまた犬がころがりだす――ちん、セッター、ポインター、みな首輪をつけたままだ。それから巨（おお）きなバタンインコ[*1]が一羽、あわて騒いで隅から隅へとバタバタ飛びまわり、「可愛いポル」「可愛いポル」とキイキイ声をあげた。その鳴き声を聞いたら、メイダ・ヴェイル[*2]に住むこのインコの飼主の未亡人は、さぞびっくりしたことだろう。その時女たちの持ってきた袋が開けられ、腕輪や指輪やブローチがテーブルの上に投げだされた。バレット嬢やヘンリエッタ嬢が身につけているところをフラッシュが見たことがあるようなものばかりだ。悪魔どもはそれらを荒っぽい手つきで、爪をたてて摑む。それを奪い合って罵り合い、けんかする。犬どもが吠えかかる。子供たちがキャーと金切り声をあげる。するとあのすばらしいバタンインコは――ウィンポール街の窓辺にあのような鳥がぶら下っているのを、フラッシュはよく見かけたことがあったが――キイキイ声で「可愛いポル！　可愛いポル！」と鳴く。その鳴き方がだんだん早くなるので、ついにはスリッパが投げつけられ、インコは狂ったようになって、黄色い斑入りの鳩色の大きな翼でバタバタ羽ばたく。するとろうそくがぐらついて倒れた。部屋は真っ暗だ。じわじわ暑くなってくる。その臭いといい、暑さといい、我慢できなかった。フラッシュの鼻は燃えるように熱く、毛はピクピク動いた。それでもバレット嬢は来てくれなかった。

バレット嬢はウィンポール街で、ソファに横になっていた。彼女はいらいらし、心配していたが、本気で気遣ってはいなかった。もちろんフラッシュは苦しい目にあっているだろう。

＊1――籠に飼ったインコ、鸚鵡の一般的愛称。
＊2――ロンドン北西のエッジウェア・ロード北部の名称。

きっと夜じゅう哀れな声をたてたり、吠えたりしているだろう。でもほんの二、三時間だけのことだわ。テイラー氏はフラッシュの値段を言い、わたしはそのお金を払うことになって、フラッシュは戻ってくるでしょう。

九月二日水曜日の朝が、ホワイトチャペルの「ミヤマガラスの森」に明けはじめた。ガラスのこわれた窓が、だんだん灰色にぼやけてきた。床にだらしなく寝ている荒くれ男たちの髭づらに光がさす。フラッシュは目をおおっていた夢幻の境のヴェールがおちて目覚め、もう一度現実を悟った。今では現実はこうなのだ——この部屋、ここにいる荒くれ男たち、哀れっぽい声で鳴き、噛みつかんばかりの、きつくつながれた犬たち、この陰気さ、この湿気が現実なのだ。ほんの昨日までリボンのきらびやかな店で、上流の御婦人方といっしょにいたのはほんとうだったのだろうか？　ウィンポール街なんていう所があるのだろうか？　紫色の水入れに汲みたての水がきらきら輝いて入っている部屋なんてあるのかしら？　自分はクッションの上に寝たり、おいしく焼けた若鶏の手羽肉をもらったり、黄色い手袋をはめた男に怒りと嫉妬を感じて心乱れ、噛みついたりしたことなんてあったのだろうか？　あの生活も、あの暮らしの中の喜びも悲しみも、すっかり漂い去り、融(と)け去って、現実のものとは思われなくなってしまった。

ここでは埃っぽい光がさしこむと、ひとりの女が麻袋からめんどうくさそうに身を起し、よろよろした足どりでビールをとりに行く。また酒盛りと罵り合いが始まる。肥った女がフラッシュの耳をつかんで持ちあげ、あばら骨をつねり、フラッシュについて何かいやらしい冗談を言った——フラッシュをまた床の上に投げだすと、どっと笑い声が湧く。ドアは足で蹴って開け閉めされる。その度ごとに彼は顔をあげる。ウイルソンかな？　ことによるとブラウニング氏だろうか？　それともバレット嬢かしら？　でも違った——ただ泥棒がもうひとり、人殺しがもうひとり入ってきただけだった。あのずるずる引きずったスカートや、角のように固くなった長靴をひと目見ただけで後じさりした。一度自分の方へ投げられた肉つきの骨をかじってみようとした。でもその石のように固い肉は嚙みきれないし、いやな臭いで胸がむかむかする。喉の渇きがつのってきて、バケツからこぼれた緑色の水を、しかたなくちょっとなめる。しかし水曜日も刻々と時間が過ぎ、身体がますます熱く、喉の渇きもひどくなり、おまけに割れた板の上に横たわっているので身体がますます痛くなる。しだいにものがごちゃごちゃと混じり合って何がなんだかわからない。彼はどういうことが起っているのかをさっぱり気にかけなくなった。頭を上げて見るのはただドアが開いた時だけだ。だめだ、あれはバレット嬢じゃない。

バレット嬢はウィンポール街のソファに横になったままで、だんだん心配になってきた。手続きが何かひっかかったんだわ。テイラーは水曜日の午後にホワイトチャペルへ行って、「組合」と話し合うと約束していた。それなのに水曜日の午後になっても、水曜日の夜が過ぎても、まだテイラーはやって来ない。これはきっと値段をつりあげるという意味よ、と彼女は思った——こういう時にそれはまったく困るのだ。それでも彼女はもちろん、そのお金を払わなければならないだろう。「わたくしのフラッシュを取り戻さなくてはならないことはわかってくださるでしょう。わたくしは危険を冒して掛け合ったり値切ったりはできないのです」と彼女はブラウニング氏に書き送った。ブラウニング氏にそう手紙を書きながら、ソファに横になって、彼女はドアを叩く音にじっと耳を傾けていた。しかしウイルソンが手紙を持って上がってきた。お湯を持ってウイルソンは上がってきた。もう眠る時間なのにフラッシュは帰ってこないのだ。

ホワイトチャペルに九月三日木曜日の朝が明けた。ドアが開いたり閉まったりした。ひと晩じゅうフラッシュのそばで鼻を鳴らしていた赤毛のセッターは、コーデュロイのシャツを着た荒くれ男に引きずるようにして連れ去られた。どんな運命をたどるのだろう？　殺される方がましなのか、それともここにいる方がましなのか？　こうして生きているのと、ああ

ブラウニング夫人

して死ぬのと、どちらが不幸だろう？　この場所の騒々しさ、飢え、喉の渇き、鼻をつく悪臭――かつてフラッシュはオーデコロンの匂いが大嫌いになったことを思いだした――は、どんなにはっきりした思い出の姿も、どんな欲望も、どんどんと掻き消した。彼の頭の中で昔の記憶の断片が、ぐるぐるまわり始めた。あれは野原で大声で叫んでいる老いたミットフォード博士の声だろうか？　あれは戸口でパン屋とお喋りしているケレンハポックだろうか？　部屋でかさかさ音がする、と彼はミットフォード嬢がゼラニウムの花束をひもでくくっている音が聞こえたように思う。でもただ風が、壊れた窓ガラスに張ってある茶色の紙に打ちつけていただけだ――今日は、荒れもようだから。貧民街でわめいている酔っぱらいの声がしただけだ。部屋の隅にいる鬼婆が、フライパンを火にかけニシンを揚げながら、ぶつぶつ呟いていただけだ。彼は忘れられ、置きざりにされてしまった。なんの助けもこない。誰も彼に声をかけてくれない――インコが「可愛いポル、可愛いポル」と叫び、カナリヤはわけもわからずピーピー、チーチーという囀り声をあげている。

やがてまた夕暮れがきて、部屋が暗くなる。ろうそくが小皿に立てられる。粗末な灯りが外でぱっと燃えあがる。袋を背負った人相の悪い男の群や、顔を塗りたくったけばけばしい女の群が、戸口をよろよろと入って来て、壊れたベッドやテーブルにどさりと身を横たえ始める。もうひと晩、ホワイトチャペルを暗闇がおおった。そして屋根の穴から、雨のしずくが絶えずポタリポタリと落ち、それを受けるため置いてあるバケツにあたって太鼓のような音をたてた。バレット嬢はまだ来てくれなかった。

ウィンポール街に木曜日の夜が明けた。フラッシュが帰ってくるという兆しはぜんぜんなかった――テイラーからは何の音沙汰もない。バレット嬢は心配でたまらなくなる。問い合わせてみた。弟のヘンリーを呼んで、根掘り葉掘り訊いてみた。弟がだましたのだとわかった。「大悪魔」のテイラーは約束どおり昨晩やって来たのだ。彼は自分の方の条件を言った――組合に六ギニー[*1]、自分に対して半ギニーと言った。しかしヘンリーは、彼女に話すかわりにバレット氏に話し、その結果、もちろんバレット氏は彼にお金を払うな、テイラーの来たことを姉に隠しておけと命じたのだ。バレット嬢は「とてもいらいらし、怒った」。彼女は弟にすぐさまテイラー氏の所へ行って、お金を払うように命じた。ヘンリーははねつけて、パパのことをもち出した。でもパパのことを話したって無駄よ、と彼女はやり返した。パパのことなど話している間に、フラッシュは殺されてしまうわ。彼女は心を決めた。もしヘン

*1――六ポンド六シリング。

リーが行こうとしないなら、わたしが自分で行きましょう。「……ひとがわたくしのしたいようにやってくれないなら、明日の朝わたくしが行って、フラッシュを連れ戻して来ます」と彼女はブラウニング氏に手紙を書いた。

しかしこれは、言うは易く行うは難しいことだと、バレット嬢は今になってわかった。フラッシュが彼女の所へ帰るのとほとんど同じくらい、彼女がフラッシュの所へ行くのは難しかった。ウィンポール街全体が彼女に反対した。フラッシュが盗まれ、テイラーが身代金を要求したというニュースは、いまや誰もが知っていた。ウィンポール街はホワイトチャペルに対抗する覚悟を決めていた。盲人のボイド氏[*1]は、身代金を払うことは、彼の考えでは「恐ろしい罪」になるだろうと言ってよこした。彼女の父も弟も彼女に対して同盟を結んで、自分たちの階級の利益のためならどんな裏切り行為もする気でいた。しかもいちばんわるいことには――ほかのことよりはるかに困ったことには――ブラウニング氏自身が全力をあげ、彼の雄弁さと博識と論理的な力をすべて動員してウィンポール街に味方し、フラッシュの肩をもとうとしなかった。もしバレット嬢がテイラーに屈服するならば、暴虐非道な行為に身を屈することになる、と彼は書いた。彼女はゆすりをはたらく者に屈しようとしているのだ。彼女は正義に対して悪の力を、罪汚れのない者に対し邪悪な者の力を強めようとしている。

もし彼女がテイラーに要求額を与えれば、「……犬の身代金を払うほど充分お金のない貧乏な飼主たちはどうするのだろう?」彼の想像力は燃えたった、彼はテイラーがたとえ五シリングでも要求したら、なんと言ってやろうかと想像をめぐらせていたのである。「おまえがおまえたち悪党一味のやり口に責任があるのだぞ。おまえをぼくはマークしておくからな――犬の首をぶった切るとか足をぶった切るとか、たわけたことを喋るな。ぼくがここに立ってておまえに話しているのと同じくらい確かなことだぞ、おまえを一生かかってやっつけてやるのは。自分でも認めているとおりの近所の厄介者のおまえをな――思いつく限りの手段を使って滅ぼしてやるぞ、それに見つけられる限りのおまえの共犯者をな――でもおまえはすでに見つけたからには、絶対目を離さないぞ……」ブラウニング氏はもし幸運にもあのテイラーという男に出くわしたら、そんな風に言ってやるつもりだというのだ。というのは実際のところ、と彼は同じ木曜日の午後の後便で、二番目の手紙をよこした。「……高い身分の迫害者も低い身分の迫害者もみな、泣き寝入りをする弱者の弱味を握ってはいろいろなやり方で相手の痛いところにふれて、いろいろなやり方で自分たちの方へ引き戻そうとしたけ

＊1―バレット嬢を可愛がったギリシャ語の家庭教師で、ロンドンの北西、セント・ジョンズ・ウッドに住む。

ればできるのだと思うと恐ろしくなります」というわけだ。彼はバレット嬢を責めはしなかった——彼女のしたことは、すべてまったく正しいことばかりだ。彼は完全に認めることができた。金曜日の朝、彼はさらに続けて手紙をよこした。でも「それは嘆かわしい弱点だと考えます……」というのだ。もし彼女が犬を盗んだテイラーを増長させるならば、バーナード・グレゴリー氏[*1]に他人の評判を盗めと奨励することになる。バーナード・グレゴリーのようなゆすりをはたらく者が、人名簿を繰って人の評判を台なしにし、そのせいで喉を切って自殺したり国外へ逃亡したりするはめになった哀れな人々すべてに対して、彼女は間接的に責任があるというわけだ。「しかしどうしてこれほど明白なことについて、わかりきったことを次々と書いたりするのでしょう?」そんなふうにブラウニング氏は、毎日二度ずつニュー・クロス[*2]から、がみがみとやかましく言ってよこした。

ソファに横になって、バレット嬢は手紙を読む。彼に譲歩するのはなんとたやすいことだったろう——「あなたの良識ある御意見は、わたくしには百匹のコッカー・スパニエルよりも大切なのです」と言うことは、なんとやさしいことだったろう。枕にもたれてため息まじりに「わたくしは弱い女、法律のことも正義もわかりません。わたくしに代わって決めてくださいな」と言うことは、なんとやさしいことだったろう。彼女はただ身代金を払うのを断ればよいのだ。テイラーとその組合とをはねつけさえすればよいのだ。そして、たとえフラッシュが殺されても、恐ろしい小包が届いて、中からフラッシュの首と足が転がり落ちても、自分のそばにはロバート・ブラウニングがいて、自分は正しいことをしたのだ、彼の敬意をかち得たのだ、と確信させてくれるのだ。しかしバレット嬢は脅迫におびえるような女ではなかった。バレット嬢はペンをとり上げ、ロバート・ブラウニングをやりこめた。彼女はこう書いた。ダンの詩を引用したり、グレゴリーの場合を引き合いに出したり、テイラー氏に対する猛烈な応酬の言葉を考えだしたりなさるのは、たいへん結構なことです――もしテイラーがわたくしをなぐったのでしたら、あるいはグレゴリーがわたくしを中傷したのでしたら、わたくしも同じことをしましたでしょう――わたくしがそういう目にあえばよかったものを！　でも、もしも山賊がわたくしを誘拐し、このわたくしを彼らの思うままになし、わたくしの耳を切りとってニュー・クロスへ郵送するぞと脅したなら、あなたはどうなさいましたでしょう？　あなたがどうなさったとしても、わたくしの心はきまっております。フラッシュは無力なのです。わたくしにはフラッシュを助ける義務があります。「でも可哀そう

＊1――一七九六―一八五二、『三文風刺新聞』など週刊誌の主筆。
＊2――ロンドン南部に接するサリー州の一地区で、ブラウニングが住んだ所。

なフラッシュ、あんなに忠実にわたくしを愛してくれたフラッシュ、テイラーごとき悪人の犯罪行為のために、何の罪もないフラッシュを犠牲にする権利がわたくしにあるでしょうか?」ブラウニング氏が何と言おうとも、彼女はフラッシュを助けだしに行くつもりでいた。フラッシュを連れ戻すためにホワイトチャペルの危険地帯の奥深く入って行くことになろうとも、そうすることでロバート・ブラウニングが彼女を軽蔑することになろうとも、である。

そういうわけで土曜日になると、目の前のテーブルにブラウニング氏からの手紙を開きっ放しにして、彼女は着替えを始めた。その手紙を読むと「もう一言つけ加えます――今度のことでは、ぼくは世界じゅうの夫、父親、兄、横暴な人たち一般、そういう連中みんなのいまわしいやり方に反対して戦っているのです」とある。だからもしわたしがホワイトチャペルへ行けば、わたしはロバート・ブラウニングの敵にまわり、父親、兄、横暴な人たち一般に味方することになるのだ。それでも彼女は着替えを続けた。路地のどこかで一匹の犬が吠えた。残酷な人間どもの手中にあって、なすすべもなくその犬はつながれているのだ。その犬は彼女に向かってこう吠え叫んでいるように思われた、「フラッシュのことを考えてやってください」。彼女は靴をはき、オーバーをはおって、帽子をかぶる。もう一度ブラウニング氏の手紙の方をちらりと見る。「ぼくは近いうちにあなたと結婚しようとしているのです」

と書いてある。さっきの犬がまだ吠えている。彼女は部屋を出て、階下へ降りていった。

ヘンリー・バレットに出くわすと、ぼくの見たところ、お姉さんがみんなを脅かしているとおりホワイトチャペルへ行くなら、きっとお金を強奪されて殺されることになると思うよ、と言った。彼女はウイルソンに辻馬車を呼ぶよう、言いつけた。身体じゅうぶるぶる震えながらも、おとなしくウイルソンは言いつけに従った。辻馬車が来る。バレット嬢はウイルソンに乗りなさいと命じる。ウイルソンは彼女を待っているのは死であると確信しながらも、乗りこむ。バレット嬢は御者に、ショアディッチ[*1]のマニング街へ行ってちょうだいと命じる。バレット嬢自身も乗りこみ、馬車は走りだす。間もなく彼らは、厚板ガラスの窓、マホガニーのドア、地下勝手口へ通ずる鉄柵のついた石段などのある高級住宅街を過ぎる。バレット嬢が今まで見たこともない、想像さえしたこともない世界に入って行く。寝室の床下に牛が群らがり、家じゅうの者が窓ガラスの壊れた部屋で眠っている世界、水道の水は週に二度しか出ない世界、悪徳と貧しさが、さらに悪徳と貧しさを生みだす世界に入って行く。ちゃんとした御者たちも知らない地域に、もう入って来たのである。馬車がとまった。御者は居酒

＊1――ホワイトチャペルの北の地区。

屋で道を訊いた。「男が二、三人出てきました。〈ああ、テイラー氏を探しているんですね〉」このふしぎな世界では、二人の婦人を乗せた馬車は、たったひとつの用件で来るしかないのだ、そしてその用件はすでに周知のことだった。ひじょうに不吉な感じがする。男たちのうちひとりが家の中へ走りこんで、出て来て言うことには、テイラー氏は「〈出かけています！　でも車からお降りになりませんか！〉ウイルソンは怖れおののき、〈そんなこと考えたりなさらないで〉とつぶやくようにわたくしに頼んだのでした」。男や少年の群が車のまわりを取り囲んでいる。「それじゃテイラー氏の奥さんにお会いになりませんか？」と、その男が訊く。バレット嬢は奥さんなんかにちっとも会いたくない。しかもその時、まるまると肥った女が家の中から出てきた、「生まれてこのかた、良心の咎めで心配したことがないくらいに肥っている女が」。そしてバレット嬢に、亭主は出かけているよ、と言った。「二、三分で帰ってくるかもしれないし、二、三時間たたなきゃ帰らないかもしれないよ——馬車を降りて待ってみたらどう？」ウイルソンがバレット嬢の上着をぐっと引っ張った。あの女の家に入って待つなんて想像してごらんなさいまし！　馬車の中に坐って、まわりでひしめいている男や少年の群に囲まれているだけで、もうたくさんですよ。それでバレット嬢は馬車の上からその「まるまる肥った女山賊」と談判した。テイラー氏がわたしの犬を持っているんです、と彼女は言った。テイラー氏は犬を返してくれると約束したんです。今日じゅうに必ず犬をウィンポール街に連れ戻してくださいませんか？　「ああ、いいですよ、かしこまりました」と肥った女は愛嬌よく笑って言った。彼女の勘では、テイラー氏はまさにその用事で出かけているのだ。そして彼女は、「とても気安いしとやかなようすで、頭を左右に傾けた」。

馬車は向きを変えて、ショアディッチのマニング街を出た。ウイルソンが言うところでは「わたしどもは命からがら逃げてまいりました」というわけだった。バレット嬢自身も驚いていた。「悪党一味があのあたりで勢力をはっているのは明らかです。組合、〈愛犬飼育組合〉……は地下に根を張っているのです」と彼女は手紙に書いた。心にはさまざまな思いが満ち、眼にはさまざまな光景がいっぱいである。では、あれがウィンポール街の向う側にあるものなんだわ——あの顔つき、あの家々。彼女は、この五年間というものウィンポール街の奥まった寝室で横になっていた間に見たよりもずっと多くのものを、あの居酒屋の前で辻馬車の中に坐っていた間に見た。「あの男たちの顔つきといったら！」と彼女は叫んだ。その顔は眼球にやきついていた。その顔は彼女の想像力を今までになく激しくかきたてた。これに比べれば、本棚の上の胸像「大理石の神々しいお姿」すらこれほど想像力に訴えたことはなかった。ここに、わたしと同じ女たちが住んでいる。自分がソファに横になって、読書したり書きものをしたりしている間に、あの女たちはあんなふうに生きていたのだ。しかし辻馬車は、再び四階建ての家々の間を今ごとごとと走っている。ほら、見なれたドアと窓の街並みがある。めじをしっくいで塗った煉瓦が、真ちゅうのノッカーが、ちゃんとそろったカーテンがある。ほら、ウィンポール街に来た、五十番地だ。ウイルソンがとび出した——安全な場所へ帰って来て、彼女がどんなにほっとしたかは、想像するに難くない。しかしバレット嬢は一瞬ためらったにちがいない。まだ「あの男たちの顔つき」が目に残っていたのだ。男たちの顔は、それから何年もたって、イタリアの陽あたりのいいバルコニーに坐りペンを走らせている彼女の目に、再び姿をあらわすことになるのだ。[†] 彼らの顔は『オーローラ・リー』[*1] のもっともいきいきと描写された一節を書くための霊感を彼女に与えることになるのだ。しかし、もう執事がドアを開けていて、彼女は二階の自分の部屋へ再び上がっていった。

　土曜日はフラッシュが捕まえられてから五日目である。疲れ果て、絶望しきって、同類がうようよしている暗い床の隅ではあはあえいでいた。ドアがパタンと閉まる。荒っぽいどなり声がする。女たちが悲鳴をあげる。インコはメイダ・ヴェイルの未亡人たちに向かっては喋らなかったような喋り方をしているが、いまは意地悪な年より女たちがただインコに向かっていまいましそうにどなるだけだ。フラッシュの毛の中を虫が這っているが、すっかり弱りはてた今ではそれもどうでもよい。毛をブルブルっとやることもできない。フラッシュの過ぎ去った日々の生活やいろいろな光景――レディング、温室、ミットフォード嬢、ケニヨン氏、本棚、胸像、ブラインドに描かれた農夫たち――が大釜に溶けこむ雪のひとひらのように消えて行く。それでも、もし望みを持てたとすれば、それは名前も形もないものへの望み、今もなお自分が「バレット嬢」と呼んでいる人、顔の特徴も忘れてしまった人への望みである。あの人は今も存在している。他の世界はすべて消え去ってしまった。しかし、あの人は今も存在しているのだ。彼女と自分との間にはひじょうに深い淵が横たわっており、彼女がいま自分のところへ来てくれるなどとてもできない相談だが。再び暗闇が垂れこめはじめる。彼の最後の希望――バレット嬢をも打ち砕いてしまいそうな暗闇だ。

実際、ウィンポール街部隊は今でも、この最後の瞬間にさえ、フラッシュとバレット嬢をひき離しておこうと闘っていた。土曜日の午後、彼女は横になってあのまるまると肥った女

＊1――一八五六年ブラウニング夫人作の長篇物語詩で社会問題にも言及がある。

が約束したように、テイラーがやってくるのを待っていた。ついに彼が来た。だが犬は連れていない。彼は二階のバレット嬢に伝言をよこした――即座にバレット嬢は六ギニー払ってもらいたい、そうすればホワイトチャペルへすぐさまとってかえし、「名誉にかけて」犬を連れてくる、というのである。「大悪魔」テイラーの名誉にかけた誓いがどれほど信用するに足るものか、バレット嬢にはわからなかった。しかし「ほかにどんなやり方もないように思われた」。フラッシュの命にかかわるのだ。彼女はギニー金貨を勘定して、下の廊下にいるテイラーに届けさせた。しかし運わるく、傘や版画やふかふかの絨緞やその他高価な品々にかこまれてテイラーが待っていた時に、アルフレッド・バレットが入って来たのだ。大悪魔が現に家の中に入りこんでいる姿を見て、彼はかっとなった。かんかんに怒りだした。彼を「ペテン師、嘘つきの盗人め」とどなった。それを聞いてテイラーもあくたいをついて罵り返した。もっとわるいことには、彼は「どんなことがあろうと、絶対に、二度と犬を返してはやらないぞ」と言って、家を走り出ていった。それでは明朝、血に染まった小包が着くことになるのだろうか。

バレット嬢は再び洋服をはおって、階段を駆けおりる。ウイルソンはどこ？　辻馬車を呼べと言ってちょうだい。今すぐショアディッチへもう一度行ってくるわ。家の者たちが彼女をとめに走り出てくる。暗くなりかけている。彼女はもうすっかり疲れきっている。元気な男でさえ、そんな冒険は危くてできやしない。彼女がするなんて気違い沙汰だ。誰もが口々にそう言った。弟も妹もみんな彼女のまわりに集まってきて脅し、やめさせようとして、「〈まったく気違い沙汰だ〉、頑固だ、わがままだ――わたくしはテイラー氏と同じくらい、いろんな呼び方で非難されたのですが――と、わたくしに大反対を唱えるのでした」。しかし彼女は一歩もひかなかった。とうとうみなは、彼女がどのくらい頭が変になっているかを悟った。どんな危険がつきまとっても、彼女の言うとおりにしなければならない。セプティマスは、もしバー姉さんが部屋へ戻り「御機嫌を直してくれる」ならば、ぼくがテイラーの家へ行って、お金を払い、犬を連れ戻してこようと約束した。

そういうわけで、ホワイトチャペルでは、九月五日の夕暮れが真っ暗な夜の闇に溶けこんで行った。部屋のドアがもう一度、足で蹴り開けられた。毛むくじゃらの男がフラッシュの首筋をぐいと摑んで、隅から引っ張りだす。旧敵のぞっとするような顔を見上げながら、フラッシュは連れて行かれて殺されるのか、解放されるのかわからない。たったひとつ幻のような記憶のほかは、どうでもよかった。その男は身をかがめる。どういうわけでこの太い指は、ぼくの喉をまさぐっているのだろう? ナイフなのか、鎖なのか? よろよろしながら、なかば目もくらみ、ふらつく足どりで、フラッシュは戸外に引いて行かれた。

ウィンポール街では、バレット嬢は夕食を食べられなかった。フラッシュは死んでいるのかしら、フラッシュは生きているのかしら？　彼女にはわからない。八時になると、ドアを叩く音がした。ブラウニング氏からのいつもの手紙だ。しかし手紙を受けとるためにドアが開けられた時、何かがいっしょに走りこんで来た——フラッシュだ。彼は紫色の水入れの方へまっすぐ向かって行く。水入れに三度も水を足してもらう。それでもまだ水を飲んでいる。目がくらんでまごまごしている汚い犬が水を飲んでいるのを、バレット嬢はじっと見守っている。「彼はわたくしに会っても、わたくしが思っていたほど夢中になって喜びませんでした」と彼女は書いた。いや、世界じゅうで彼が欲しがったたったひとつのもの——それはきれいな水であった。

結局のところ、バレット嬢はこの男たちの顔をちらっと見ただけだったが、死ぬまで彼らの顔を憶えていた。フラッシュはまる五日間、その男たちの真っただ中にいて、生かすも殺すも彼らの思うままであった。もう一度クッションの上に横たわった今、冷たい水だけが実際にあると思われる唯一のものだった。彼は続けざまに水を飲んだ。寝室のなつかしい神々——本棚、衣裳だんす、胸像——は、現にあるものとは思われなかった。もはやこの部屋だけが全世界なのではない。ここはただの隠れ処なのだ。野獣がうろつき、毒蛇がとぐろを巻く森、どの木の蔭にも人殺しが今にもとびかかろうと身構えて潜んでいる森の中で、震えている一枚のスカンポの葉蔭にある小さな谷あいに過ぎない。バレット嬢の足もとのソファの上に、頭もぼんやりして疲れきって横たわっていると、鎖でつながれた犬の吠え声やおびえた鳥の悲鳴が、まだ耳もとに響いていた。ドアが開くと、ナイフをもった毛むくじゃらの男が来たのではないかと、はっとした――ケニヨン氏が本を持って入って来たり、黄色い皮手袋のブラウニング氏が来ただけなのだが。けれど今では、彼はケニヨン氏やブラウニング氏を避けた。もう信用できないからだ。あのにこやかな親しげな顔の後ろには、裏切り、残虐さ、ごまかしが隠されているのだ。彼らが撫でてくれるのもうわべだけだ。彼はウイルソンといっしょに郵便ポストまで歩くのさえ怖れた。鎖をつけなければ動こうとしなかった。

「かわいそうなフラッシュ、わるい人たちがおまえをさらって行ったの?」と人が言うと、彼は頭を上げて、うなり、吠えた。ピシッと鳴る笞の音がすると、勝手口の階段を転がり降りて安全な所へ逃げこむ。家の中では、ソファの上のバレット嬢に以前よりぴったり寄りそっている。バレット嬢だけが自分を見捨てなかった。彼は今でもなお、いくらか彼女を信頼していた。だんだんとバレット嬢がほんもののバレット嬢に戻っていく。疲れきって、震えながら、汚いやせこけた身体で、ソファの上のバレット嬢の足もとに横になっている。

日が経ち、ホワイトチャペルの記憶がうすれて行くにつれて、フラッシュはソファの上でバレット嬢にぴったり寄りそいながら、これまでよりいっそうはっきりと彼女の気持を読みとるようになった。彼らは離ればなれになってしまい、ようやく今いっしょになったのだ。実際二人の気持がこんなに通い合ったことは、今までなかった。彼女がはっと驚いたり、身動きしたりするたびごとに、フラッシュも同じ気持を味わう。そして今では、彼女はつねにはっと驚いたり、びくっと身を動かしたりしているようだ。小包の配達でさえも、彼女をはっととび上がらせる。その小包を開ける。震える指で、一足のがっしりした長靴（ブーツ）をとり出す。すぐにそれを戸棚の隅に隠す。それから何ごともなかったかのように、ソファに横になる。しかし何かが起っているのだ。二人きりでいると、彼女は起きあがって、引き出しからダイアモンドのネックレスをとり出す。ブラウニング氏からの手紙を入れてある箱をとり出す。彼女は長靴やネックレスや手紙類をすべて絨緞地製の旅行カバンにいっしょに入れると――まるで階段に足音が聞こえたみたいに――カバンをベッドの下に押し込んで、急いで横になり、ショールをまた身にまとう。こんなこそこそした秘密の兆しは、何か近づきつつある危機の前ぶれにちがいない、とフラッシュは感じた。これからいっしょに逃げ出そうというのだろうか？　犬泥棒や圧制者のいる恐ろしいこの世の中から、いっしょに逃げ出そうとしているのだろうか？　ああ、もしそんなことができたら、どんなにいいだろう！　フラッシュは胸がわくわくして震え、鼻を鳴らした。しかしバレット嬢が低い声で、しっ、静かに、と命令したので、すぐ静かにした。彼女の方もとても静かにしている。弟や妹たちが部屋に入ってくるとすぐ、彼女はソファに横になって、まったく静かにしている。バレット氏に対しても、いつものような態度で、横になって話しかける。

しかし九月十二日土曜日、バレット嬢はフラッシュが今までに見たこともないようなことをした。朝食の後すぐに、外出するみたいに彼女は着替えをした。その上、その着替えをじっと見つめていると、彼女の顔つきから、フラッシュはいっしょに連れて行ってはもらえないのだとはっきりわかった。彼女は自分だけの秘密の用事で行かなければならないのだ。十時になると、ウイルソンが部屋へ入って来た。彼女も散歩に出かけるような服装をしていた。二人はいっしょに出て行った。フラッシュはソファに寝て、二人の帰りを待つ。一時間かそこら経つと、バレット嬢がひとりで帰って来た。フラッシュには目もくれない[*1]——何も目に入らないようすだ。手袋をぬぐと、彼女の左の指に一瞬金の指輪がきらりと光るのが見えた。するると、彼女は手から指輪を外し、暗い引き出しの中に隠すのが見えた。それから彼女はいつものようにソファに身を横たえる。フラッシュは息をひそめて彼女のそばで横になる。だってどんなことが起ったにしても、それはどんな犠牲を払っても秘密にしておかなくてはならないことなのだから。

どんな犠牲を払っても、この寝室の生活はいつもどおり続けて行かなくてはならない。でも、何もかもが違ってきた。ブラインドが揺れ動くその動き方でさえ、フラッシュには暗号のように思われた。そして胸像の上を光と影がよぎるにつれて、それも何かの暗示や合図と思われる。部屋にある何もかもが変化に気づき、ある事が起るのに備えているように思われる。それなのにすべてが静かで、すべてが隠されているのだ。弟たち妹たちはいつものように出入りし、バレット氏は夜になるといつものようにやって来る。厚切り肉はすっかり食べたか、ワインは飲んだか、といつものように見とどけるのだ。誰かが部屋にいる時は、バレット嬢は喋ったり笑ったり、自分が何か隠しだてをしているそぶりを見せない。しかし二人きりの時には、ベッドの下からカバンを引っ張り出して、人が来るかと聞き耳を立てながら、あわててこっそりと物をつめこむのだ。張りつめた気持でいることのしるしが、はっきり見える。日曜日に教会の鐘が鳴っていた。「あの鐘の音はなんでしょう?」と誰かが訊いた。「メリルボンの教会の鐘の音ですよ」とヘンリエッタ嬢が言った。バレット嬢の顔がさっと青ざめたのがフラッシュの眼に入った。しかしほかの人は何も気づいたようすはない。

そのようにして月曜日が過ぎ、火曜日も水曜日も木曜日も過ぎて行った。どの日の上にも沈黙のとばりが垂れこめている。つまり、あのことには触れずに、いつものように食べたり、お喋りしたりソファに静かに横になったりしているのだ。フラッシュは不安な眠りに寝返りを打ちながら、広い森の中で、羊歯や草の葉の下の暗がりで、自分とバレット嬢がいっしょに横になっている夢を見た。すると草の葉を分けて来る者がある。そこで目が覚めた。あたりは暗い。しかしウイルソンがそっと部屋へ入って来て、ベッドの下からカバンを出し、それを静かに運びだすのが見えた。これが九月十八日金曜日の夜のことだ。土曜日の午前中はずっと、いつ何時(なんどき)ハンカチが落ちるかもしれない、低い口笛が響くかもしれない、そうすれば死刑か助命かの合図になるのだ、とわかっているみたいに、横になってじっとしていた。バレット嬢が着替えをするのをじっと見ていた。四時十五分前に、ドアが開いてウイルソンが入って来た。その時、合図があった――バレット嬢はフラッシュを腕に抱き上げる。彼女は立ちあがり、ドアの方へ歩いて行く。一瞬、二人は立ちどまって部屋を見まわす。あのソ

*1―(一一九頁)一八四六年九月のこの日、バレット嬢は、ロバートの九十回の訪問を受けた後、メリルボン教会で秘かに結婚した。

ファがある、そばにブラウニング氏の肱掛け椅子がある。胸像とテーブルがある。陽の光は蔦の葉ごしにもれ、歩いている農夫を描いたブラインドが、風に吹かれてゆるやかに動く。何もかもいつもと同じだ。何もかもが、百万回も同じ動作をくり返すと予期しているように見える。しかし、バレット嬢とフラッシュにとっては、これが最後なのだ。音を立てないようにそっと、バレット嬢はドアを閉めた。

そっと音を立てずに二人は階段を降りる。客間と書斎と食堂の前を通る。どれもこれも、いつものように見える。いつものような匂いがする。まるで暑い九月の昼下がりに眠っているみたいに、すべては静まりかえっている。玄関のマットの上で、キャティラインも眠っている。二人は玄関の入口まで来て、音を立てないようにそっと取っ手をまわす。外には辻馬車が待っている。

「ホジソン書店まで[*1]」とバレット嬢が言う。ほとんど囁くように話している。フラッシュは彼女の膝の上でじっと静かにしている。どんなことが起ろうとも、この途方もない沈黙を破ったりはしないと心に決めていた。

*1――ロバートと待ち合わせた近くの本屋。

5　イタリア

何時間も、何日間も、何週間も経ったらしい。暗闇とガタガタいう音、突然の光、それから長い薄暗いトンネル、あちこちへ投げとばされたかと思うと、急に明るい所へ持ち上げられ、バレット嬢の顔が間近かに見え、それから細い木々、電線、レール、点々と灯りのついた高い家々などが、次々に続いた――というのは、犬を箱に入れて旅行させるのが、当時の鉄道の野蛮な習慣だったからだ。でもフラッシュはこわがらなかった。ぼくたちは逃げ出しているのだ。自分たちの後ろに圧制者や犬泥棒どもを残して。ガタガタ、ギイギイ、音を出せ、気のすむまでガタガタ、ギイギイ音を立てろ、とフラッシュは汽車が自分をあちこちへ投げとばすままに、呟いた。ただ、ウィンポール街やホワイトチャペルからは離れさせてくれ。とうとう、あたりが明るくなった。ガタガタいう音は止まった。鳥がさえずり、風にそよぐ木々がため息のような音をたてるのが聞こえる。それともあれは水が流れる音かしら？　とうとう目を開け、とうとう身体をぶるっと震わせて、見ると——想像もつかなかったあきれるような光景が目に入った。バレット嬢が急流の真っただ中の岩の上にいるのだ。木々が彼女の方に身をかがめ、河の水は彼女のまわりをとうとうと流れている。彼女は危険にひんしているにちがいない。ひとっとびでフラッシュは流れをザブザブかきわけて、彼女のところへたどりついた。岩の上の彼女のそばへよじ上ると、バレット嬢は「……フラッシュはペトラルカ[*1]の名において洗礼を受ける」と言った。[*3]というのは、彼らはヴォクリューズ[*2]まで来ていたからである。バレット嬢はペトラルカの泉の真ん中にある大岩の上に腰をおろしていたのである。

それから、もっとガタガタ、もっとギイギイいう音がした。それからまた、彼は馬小屋の床に坐らされた。暗闇が開け、光が彼にふり注ぐ。自分は生きていて、目を覚まし、まごまごして、陽をさんさんと浴びた広い何もない部屋の、赤みがかったタイルの上に立っているのがわかった。フラッシュはあちこち匂いを嗅いだり、さわったりしながら走りまわる。絨緞もないし、暖炉もない。ソファも肱掛け椅子も、本棚も、胸像もない。つんと鼻をさす、嗅ぎ慣れない匂いが鼻の孔をくすぐり、くしゃみをさせる。くらべようもないほど鮮やかで澄みきった光に、目がくらくらする。今までに、これほど固い、これほど明るい、これほど大きい、これほど空っぽの部屋——実際にこれが部屋であったとして——に入ったことがない。バレット嬢は真ん中においてあるテーブルのそばの椅子に腰かけると、とても小柄に見える。その時ウイルソンが家の外へ連れて行ってくれる。初めは陽の光で、次には日蔭で、ほとんど目が見えないのに気づく。道の半分は灼けつくように暑く、残りの半分はひどく寒い。女たちは毛皮のコートに身を包んでいるが、頭を日蔭に入れるようにパラソルを持ち歩いている。そして街路は骨のようにからからに乾いている。もう十一月の半ばなのに、ぬかるみも水たまりもないので、フラッシュの足がぬれたり、足の房毛がこびりついたりすることもない。地下の勝手口もなければ、その前の鉄柵もない。ウィンポール街やオックスフォード街を歩いているときの、あの気を狂わすような頭につんとくるいろいろなもののいり混じった匂いも、ぜんぜんしない。一方では、石の建物のとがった角や、乾いた黄色い壁から漂ってくる、嗅ぎ慣れない新しい匂いがひどく異様で鼻を刺激する。そうかと思うと、揺ら

＊1——十四世紀イタリアの詩人、人文主義者。
＊2——フランスのアヴィニョンの東にある小村、ペトラルカの住んだ所として有名。
＊3——ヴォクリューズにある泉でペトラルカの詩に歌われている。

いでいる黒いカーテンの後ろから、驚くほど甘美な匂いが雲のようにふわっと漂ってくる。フラッシュは立ちどまり、前足をあげて、その匂いを味わう。建物の中までその匂いをたどって行こうとして、カーテンの下へ頭をくぐらせる。天井がとても高くがらんとして、点々と灯りのついた、音が反響する広間がちらりと見えた。その時ウイルソンが恐ろしそうな叫び声をあげ、手早くフラッシュをぎゅっと引き戻す。一行はまた街をどんどん行く。街の騒音は耳が聞こえなくなるぐらいだ。誰も彼もがいっせいに金切声をあげているように思われる。ロンドンの重々しい眠気を催すようなざわめきとはちがって、ガタガタいう音に叫び声、リンリン鳴る音にどなる声、ピシッと鳴る笞の音にジャランジャラン鳴る鐘の音がしている。フラッシュはあっちこっちへ跳んだりはねたり、ウイルソンも同じことだ。荷車や牡牛や兵隊の一団、それに山羊の群が通るのをよけて、歩道を二十回も上ったり下りたりしなければならない。フラッシュはこの何年もの間感じたことがないほど若返って活発になった感じがする。眼がくらくらしたが、それでも浮き浮きした気分で、赤みがかったタイルの上にへたへたと倒れて、ウィンポール街のあの奥まった寝室の枕の上で眠ったよりも、はるかにぐっすりと眠った。

間もなく、フラッシュはピサ——というのは、一行は今ピサに落ち着いていたのだから

——とロンドンとを区別するもっと大きな違いに気がついた。犬たちが違っているのだ。ロンドンでは郵便ポストまで走って行けば、必ずパグ・ドッグ、[2]レトリーヴァ、[3]ブルドッグ、マスティフ、[4]コリー、ニューファウンドランド、[5]セント・バーナード、[6]フォックス・テリアなどが、あるいはスパニエル種族の七名家のどれかの出である犬に出会ったものである。どの犬にもそれぞれちがった名をつけ、どの犬にもちがう階級を与えていた。しかしここピサでは、犬はたくさんいるけれど、階級というものはない。どの犬も雑種なのだ。そんなことがあり得るだろうか？　フラッシュの見る限り、彼らはただの犬だ——灰色の犬、黄色い犬、ぶちの犬、斑点のある犬だ。しかしスパニエル、コリー、レトリーヴァ、マスティフは、一匹も見つからない。それではイタリアでは愛犬クラブ（ケネル）は権限がないのだろうか？　スパニエル・クラブは知られていないのだろうか？　とさか型の逆毛のある犬には死刑の判決を下し、

＊1—教会の入口。
＊2—中国原産の愛玩犬、ブルドッグに似た顔の小型犬で、毛がつんでいる。
＊3—銃で射止めた獲物をとってこさせるのに使われた犬。
＊4—イギリスで古くから飼われている番犬用の大型犬。
＊5—ニューファウンドランド島にちなんで名づけられた黒または黒白の大型犬で泳ぎがうまい。
＊6—スイス原産の大型犬。アルプスの雪山で遭難者の救助に用いられた。

巻き毛の耳を持つ犬は大事に育て、房毛のある足をした犬は保護し、ひたいは絶対に丸屋根のようにふくらんでいなくてはならず、とがりは許されない、というような法規はないのだろうか？　明らかにないらしい。フラッシュは、自分が亡命している皇子のような気がした。自分は愚民賤民どもの群に混じるただひとりの貴族なのだ。ピサ中でたった一匹の純血種のコッカー・スパニエルなのだ。

もう長い間、フラッシュは自分は貴族だと思うようにしつけられている。紫色の水入れと鎖の掟は、魂の奥深くしみこんでいる。彼がバランスを失って倒れたのも驚くにはあたらない。泥で造った小屋に住む土人の群の中に降ろされたハワード家の人間、キャヴェンディッシュ家の人間が、時折り、チャッツワース[*1]を思い出し、夕陽が彩色ガラスの窓からあかあかとさしこむ時の、赤い絨緞やいくつもの宝冠が壁に描いてある廊下に懐しい思いをはせるとしても、非難されるにはあたらない。フラッシュにはいくぶん上流気どりがあったことは否めない。ミットフォード嬢は何年も前からそれを見ぬいていた。この感情は、ロンドンでは自分と同等の者や身分の高い者の間にあって抑えられていたのだが、いま自分ほどのものはほかにいないと思うと、またもどってきた。フラッシュは横柄になり、ずうずうしくなった。「フラッシュは専制君主になってしまって、ドアを開けてもらいたい時には、ワンワン吠え立てるので、こちらは頭が変になりそうです」とブラウニング夫人は書いている。彼女は続けて「いま申しましたフラッシュは、彼つまりわたくしの夫のことを、特に自分に仕えるために生まれてきたと考えている、そのようにロバートは申します。ほんとうにそんなようすをしているのです」と書いている。

「わたくしの夫」「ロバート」――フラッシュも変ったかもしれないが、バレット嬢も変ったものである。今では自分のことをブラウニング夫人と言うばかりではない、左手の金の指輪を陽にきらめかせるばかりではない。フラッシュが変ったと同じくらい、彼女も変ったのだ。「わたくしの夫」「ロバート」という言葉をフラッシュは日に五十回も聞く。しかもいつも誇らしげな調子で言うので、フラッシュの首から背中へかけて毛が逆立ち、心臓がドキンとする。しかし変ったのは言葉だけではない。彼女はすっかり別の人間になってしまった。たとえば今では、赤葡萄酒をほんのちょっぴりすすって頭痛を訴えたりするかわりに、キャンティ酒をコップ一杯ひと息に飲みほして、そのためにいっそうよく眠る。夕食のテーブルには、皮をむいた酸っぱい黄色のオレンジではなく、実がたわわになったオレンジの枝がお

＊1―デヴォンシャーのキャヴェンディッシュ家の地で、十七世紀に建ったルネサンス様式の豪華な邸宅がある。

いてある。それから二人乗りの馬車でリージェント公園へ行くかわりに、がっしりした編みあげ靴をはいて岩山によじ登る。馬車に乗ってオックスフォード街をガラガラ走るかわりに、ガタガタの軽装四輪馬車でカタカタと湖畔へ出かけ、山々を眺める。そして彼女が疲れた時は、ほかの辻馬車を呼んだりせず、石の上に腰をおろして、とかげをじっと見つめている。彼女は太陽の光を楽しんだ。寒さも楽しんだ。凍えそうに寒いと、ここの大公の所有林でとれる松の丸太を暖炉にくべる。パチパチ燃える火の前にいっしょに坐って、彼らは松のつよい香りがぷんと漂うのを吸いこむ。彼女は飽きもせずイタリアを賞めては、ひきかえにイギリスをけなした。「……かわいそうに、イギリス人は喜びというものをあまり教えられていないんだわ。暖炉の火にあたりながらではなくて、太陽の光を浴びて、教養を身につけるのが足りないのよ」と叫んだ。ここイタリアには、太陽が生み育てる自由と生命と歓びがある。男たちがけんかしているところは見たことがないし、罵り合っているのも聞いたことがない。イタリア人が酔っぱらっているのも見たことがない――ショアディッチの「あの男たちの顔」がまた眼に浮かぶ。彼女はいつもロンドンとピサを比べては、ピサの方がずっと好きだわと言う。ピサの街では美しい女性がひとり歩きしても大丈夫だ。上流婦人たちは、寝室で洗顔や化粧をした後の湯水を流してから、「非のうちどころのない華やかな装いでぱっと輝いて」宮廷へと出かける。鐘や雑種の犬、ラクダがいて松林のあるピサの方が、ウィンポール街やマホガニーのドアや羊の肩肉よりは、はるかに好きだ。そんなふうに、ブラウニング夫人は毎日キャンティ酒を飲み干し、枝からオレンジをもうひとつもぎとって、イタリアを賞めちぎっては、哀れで退屈で、湿気が多く、日光や喜びに乏しく、物価の高い因襲的なイギリスを嘆くのだ。

ウイルソンがはじめの頃は、イギリス的なバランスを持ち続けていたのは事実だ。執事や地階、玄関のドアやカーテンなどの記憶は、努力しなければ心から消し去れなかったのだ。彼女はまだ良心を持っていて、「みだらなヴィーナス像にびっくり仰天して」美術館から出てくるほどである。そして後になって、親切な友達のおかげで、華やかな大公の宮廷をドアからかいま見ることを許された時、彼女はなおもセント・ジェイムズ宮殿の方がずっと華やかだ、と忠誠心をもって主張したのである。「わたしどもイギリスの宮廷に比べたら、あれは……とってもみすぼらしいですよ」と彼女は報告した。しかし彼女がじっと見ていた間にも、大公の近衛兵のすばらしい姿が目をひいた。空想は燃えあがり、判断はぐらつき、彼女の標準は崩れた。リリー・ウイルソンは、近衛兵リーギ氏と激しい恋におちたのである。†

こうしてブラウニング夫人が新しい自由を試してみては、自分のした発見を喜んでいるのとちょうど同じように、フラッシュも自分なりの発見をしたり、自分の自由を試したりしていた。彼らがピサを離れる前に——一八四七年春にフィレンツェへ移ったのだが——フラッシュは、愛犬(ケネル)クラブの法規は世界じゅうどこでも通用するものではないという奇妙な、最初はまごつく事実に直面していた。色の薄いとさか型の逆毛は、必ずしも致命的なものでないという事実に向かいあう気になった。だから彼は自分の掟を改正した。初めのうちは、犬族の社交界についての新しい考え方にのっとって、いくぶんためらいがちに振舞っていた。日が経つにつれだんだん民主的になってきた。ピサにいる時さえ、ブラウニング夫人は「……フラッシュが毎日出かけて行って、仔犬たちにイタリア語で話しかける」ことに気づいていた。いまやフィレンツェに来て、フラッシュの昔の足かせの最後のひもがはずされた。カシーネ公園にいるある日、解放の瞬間が訪れた。「キジがどれもみんな生きていて飛び交って」いる、「エメラルドのような」芝生の上を走りまわっていると、フラッシュは突然リージェント公園やそこにある「犬は鎖で引かなければいけません」という布告を思い出した。今では「いけません」なんてことが、どこにあろうか？　鎖なんていまやどこにあろうか？　公園の番人やこん棒なんてどこにあろうか？　犬泥棒や愛犬(ケネル)クラブやスパニエル・クラブとともに行っちまった！　四輪辻馬車や二輪辻馬車とともに行っちまったんだ！　ホワイトチャペル、ショアディッチとともに消えちまったんだ！　フラッシュは駆け、全速力で走りまわった。毛がきらめき、眼が燃え立つ。今では自分はみんなと友達だ。どの犬もみんな兄弟だ。この新しい世界では、鎖は必要ない。保護はいらない。もしブラウニング氏が散歩に出かけるのが遅くなると――彼とフラッシュは今では大の仲好しだ――フラッシュは厚かましくも、彼を呼び立てた。フラッシュは「前に立ちはだかって、とても横柄な態度で吠えるのです」と、ブラウニング夫人は少々いらいらしながら述べている――というのも彼女とフラッシュとの関係は、今では昔ほど感情的なものではないからである。ブラウニング夫人自らの経験にはなかったものを補ってくれる、フラッシュの赤毛と輝く眼とは、もう必要なくなったのだ。葡萄畑やオリーヴの木立ちの中に、自分で牧羊神（パン）を見つけたのだから。晩に炉でたく松の火のそばに、牧羊神（パン）たるブラウニング氏がちゃんといたのである。それだからもしブラウニング氏がぐずぐずしていると、フラッシュは立ちはだかって吠える。でも、ブラウニング氏が家にとどまって書きものをするのなら、それはそれでかまわない。今ではフラッシュは自分で好きなようにできる。塀の上には藤の花やキングサリの花が咲き乱れている。庭にはアメリカハナスオウの木が燃えたつような花をつけている。野には野生のチューリップが点々と咲いている。なぜぼくは待ってなくてはならないのだろう？　フラッシュは勝手に走りだした。いまやぼくの思いどおりにできるのだ。「……彼は自分ひとりで出かけ、何時間も帰って来ません」とブラウニング夫人は書いている。「……フィレンツェの路はどこもよく知っているのです――どんなことでも勝手にやっています。フラッシュがいなくてもちっとも心配しません」と、彼女はつけ加え、ウィンポール街にいて心配で胸を痛めていたあの何時間ものこと、ヴィア街でフラッシュに鎖をつけ忘れると馬の足もとから彼をさらって行こうと待ちかまえていたあの悪党一味のことを、笑いながら思い浮かべていた。フィレンツェでは、恐怖というものがなかった。ここには犬泥棒はいなかった。それに父親なんてものもいないんだわ、と溜め息まじりに言ったことだろう。

しかし率直に言えば、フラッシュがグウィーディ伯の旧邸（カーサ）[*1]のドアが開け放しになっている時に急いで飛びだすのは、絵画を見るためでも、暗い教会の奥へ入って行ってぼんやりかすんだフレスコ壁画を見あげるためでもない。長らく許されなかったことを楽しむため、探し求めるためである。昔ヴィーナスの女神の狩り笛が、その野性的な楽の音をバークシャーの野に響かせたことがあった。彼はパートリッジ氏の犬を愛し、その犬が彼の子を生んだことがあった。いまや同じ声がフィレンツェの狭い街路に響きわたる。だがここ長らく沈黙したあとなので、ずっと激しく一刻も待てないという調子で響きわたる。いまやフラッシュは人間には決してわからないものを知った――純粋な愛、無邪気な愛、至純な愛である。愛が冷めた時に次々と心配ごとの起らない愛、恥も後悔もない愛である。花にとまった蜜蜂がここにいたと思うと、もういなくなるように、ここにいて、すぐいなくなる愛である。今日は薔薇の花で、明日は百合の花だ。ある時は荒野に咲く野生のアザミ、またある時は温室育ちのふくよかで、もったいぶった蘭の花である。フラッシュはさまざまな種類の犬を誰かれかまわずに、横丁の斑入りのスパニエル、それから虎毛の犬、黄色の犬というふうに抱きしめた――どれでもかまわないのだ。フラッシュにとってはみんな同じだ。角笛が鳴り、風がその音を運んでくるところならどこへでも、フラッシュはたどって行く。愛はすべてであり、愛があればじゅうぶんだ。彼がはめを外しても咎める人は誰もいない。フラッシュが深夜か翌朝早く帰ってくると、「フラッシュみたいな育ちのよい犬にしては、まったくみっともない」とブラウニング氏が笑って言うだけだ。そしてフラッシュが寝室の床の上に身を投げだして、グウィーディ伯爵家の紋章をはめこんだ模造大理石の上でぐうぐう眠りこけた時には、ブラウニング夫人までも笑いだした。

＊1―ブラウニング夫妻は、一八六一年の妻の死までこの邸の一部に住んだ。

というのは、カーサ・グウィーディには家具がおいてないからである。フラッシュが世を避けて閉じこもっていた時代にあった、あの掛け布をたらした家具はみな姿を消した。ベッドはベッド、洗面台は洗面台である。どれもこれもありのままの姿であって、別のものではない。客間は広く、彫りもののある黒檀の古ぼけた椅子が二つ三つ、点々とおいてある。暖炉の上には鏡が掛かっていて、燭台を持ったキューピッド像が二人ついている。ブラウニング夫人自身はカシミヤのショールをとっくに脱ぎすててしまった。夫の好きな薄い絹製の光った帽子をかぶっている。髪型も新しくなった。そして日が沈み、よろい戸が開けられると、薄地の白モスリンの服を着てバルコニーへ出る。そこに坐って、見たり聞いたり、外を通る人々を眺めたりするのが好きなのである。

フィレンツェへ来て間もないある夜のこと、通りで大声や足を踏み鳴らす音がするので、何が起ったのか見ようとバルコニーへみんな走り出た。大勢の人の群が目の下をうねりながら進んで行く。旗を持ったり、叫び声をあげたり、歌ったりしている。どの窓にも顔が鈴なりで、どのバルコニーにも人影がいっぱいだ。窓辺の人たちは、通りの人々に向かって、花や月桂樹の葉を投げる。そして通りの人々——まじめな顔つきの男たち、陽気な若い女たち——は、互いにキスし合っては、赤ん坊をバルコニーの人々に高くかかげて見せる。ブラウ

カーサ・グウィーディで

ニング夫妻は、手すりから身をのりだして、何度も拍手を送る。旗が次から次へと通って行く。たいまつの火が旗にきらりと光る。「自由」とひとつの旗に書かれてある。もうひとつには「イタリア統一」[*1]とある。「身を捧げた人々の霊」、それから「ピオ九世万歳」[*2]、それから「レオポルド二世万歳」[*3]とある旗が通る——三時間半の間、旗は通り過ぎつづけ、人々は歓呼の声をあげ、ブラウニング夫妻はバルコニーに六本のろうそくを立てて、手を振りつづけた。しばらくの間はフラッシュも二人の間に寝そべり、前足を手すりの台石にかけて、いっしょうけんめいこの喜びに加わった。けれどもとうとうあくびが出た——隠せなかった。

「フラッシュはとうとうこれは時間が長くかかり過ぎるようだ、と白状しました」とブラウニング夫人は言っている。退屈、疑問、不敬な気持にとりつかれた。いったいなんのためにこんなに騒ぐんだろう？　と自問した。この大公とはどんな人で、どんな約束をしたのだろう？　なぜみんなあんなにばかみたいに興奮しているんだろう？——というのは、旗が通って行くにつれて手を振りまくっているブラウニング夫人の熱烈なようすが、なんだかフラッシュの気持をいらいらさせたからだ。大公に対するあんなにひどい熱狂ぶりは、どこか大げさ過ぎるという感じがした。その時大公が通りかかり、フラッシュは一匹の可愛い犬が戸口の所に立ちどまったのに気がついた。ブラウニング夫人がますます熱狂的になった機会をとらえて、フラッシュはバルコニーからすべり下りて、走りだした。旗や群集の間をぬって、その雌犬を追いかける。その犬はどんどん逃げて、フィレンツェの中心部の方へ行く。はるか遠くで叫び声がする。人々の歓呼の声は消えて、静まりかえっている。たいまつの光も消えた。星がひとつかふたつ、アルノ河のさざ波に映ってきらめく。そこでフラッシュはぶちのスパニエルと並んで、泥の上の古びたこわれかかった籠の中に入って横になる。そこで恋にうっとりとなって、陽が昇るまで二匹は寝た。フラッシュが翌朝九時まで帰ってこなかったので、ブラウニング夫人は多少皮肉をこめて、彼を迎えた――少くとも今日はわたしの第一回結婚記念日だってことを憶えていてくれてもよいのに、と彼女は思った。でも「とても楽しんできたんでしょう」と察した。そのとおりだ。彼女が四万人の大行進、大公の公約、風に旗をなびかせた空虚な抱負に言いあらわし難い満足感を覚えている間、フラッシュには戸口の可愛い犬の方が、はるかに気に入ったのである。

ブラウニング夫人とフラッシュが、発見の旅にあってそれぞれ別の結末――彼女は大公、

*1――十九世紀半ば、イタリア統一をめざして、民衆の反乱や統一運動が起った。

*2――一七九二―一八七八、当時の法王でイタリア解放を支持、一八四八年失脚、五〇年復位。

*3――一七九七―一八七〇、ここトスカナ公国の大公。一八四七年自由主義的憲法を与えたが後に廃す。

彼はぶちのスパニエルというふうに――にたどりつきつつあったことは確かである。それでも彼らを結びつけるきずなが、今もって強いことは否めない。フラッシュが「……しなければいけない」という規則をすっかり捨て去り、キジが赤や金色に輝きながら羽ばたくカシーネ公園のエメラルド色の草の中を自由に走りまわると、すぐにぐいと引き戻される。再びフラッシュは尻もちをつく。初めのうちは、どうということもなく――ちょっとした暗示はあったが――ブラウニング夫人が一八四九年春に忙しそうに針仕事を始めただけだった。それでもそのようすには、何かフラッシュをちゅうちょさせるものがあった。彼女は縫いものには慣れていない。ウイルソンがベッドを動かし、引き出しを開けて、中に白い衣類を入れているのに気がついた。タイル張りの床から頭をもたげて、フラッシュは注意ぶかくあたりを見まわし、じっと耳を傾けた。もう一度、何かが起ろうとしているのだろうか？　旅行用トランクや荷造りの兆しは見えないか、と気づかわしげに見張っている。また脱出して逃げ出すのだろうか？　でも、いったい何へ向かって、何から逃げ出そうというのだろう？　ここには何も恐ろしがるものはありませんよ、とフラッシュはブラウニング夫人に自信をもって言った。フィレンツェでは、二人とも、テイラー氏や茶色の紙包みにくるまれた犬の首のことを心配する必要はないんです。それにしても彼には解らなかった。変化の兆しというのも自分の見たところでは、逃亡を意味してはいないらしい。もっとふしぎなことには、待望している気配なのだ。ブラウニング夫人があんなに落ち着いて、しかし黙りこくって着々と、低い椅子に坐って針を運んでいるのを眺めていると、何か避けられない、しかも恐ろしいことが起ろうとしているのだなと感じた。何週間か経つと、ブラウニング夫人はほとんど外へ出なくなった。そこに坐ったままで、何かとほうもないできごとを待ちうけているように見える。誰かテイラーのような荒くれ男に会い、ひとりで誰の助けも借りずに、その男にめちゃくちゃに殴られるままになっていようとでも思っているのだろうか？　そんなことを考えるだけでも、心配で身ぶるいが出る。彼女が逃げだそうと思っているのでないことは確かだ。カバンに荷造りもしていない。誰も家を出て行きそうな気配もない――むしろ誰かがやって来ようとしている気配がする。不安を感じて警戒心をとがらせ、フラッシュは新しい客が来るたびに、じろじろと探る。今では新しい客はたくさん訪れる――ブラグデン嬢[*1]、ランダー氏[*2]、ハティ・ホズマー[*3]、リットン氏[*4]、とてもたくさんの紳士淑女がカーサ・グウィーディを訪れ

＊1―アイサ・ブラグデン。フィレンツェに住んだイギリス人でブラウニング夫妻と親しくつき合う。
＊2―ウォルター・サヴェイジ・ランダー。一七七五―一八六四、イギリスの詩人。彼のイタリア生活の世話をロバートが見た。
＊3―アメリカ人の若い女流彫刻家で、風変りだが解放された女性として夫妻に可愛がられた。
＊4―エドワード・ロバート・リットン。一八三一―九一、ブルワー・リットンの息子。外交官としてフィレンツェに駐在。

る。毎日毎日ブラウニング夫人はそこの肱掛け椅子に腰かけて、静かに針を運んでいる。

　そうするうちに三月初めのある日、ブラウニング夫人は居間にぜんぜん姿を見せなかった。ほかの人たちは入ったり出たりしている。ブラウニング氏とウイルソンも入って来ては出て行く。みんなが心をとり乱したようすで出入りするので、フラッシュはソファの下に隠れた。人々は足音をたてて階段を昇り降りし、足を早めたり、低いささやき声や聞き慣れない押しころした声で呼んだりしている。二階の寝室へ昇って行くところなのだ。ソファの影の奥の方へフラッシュはさらにもぐりこんだ。何か変化が起っているのだ――何か恐ろしい事件が起っているのだ、と彼は身体じゅうの神経で感じた。何年も前にこういうふうにして、階段の上に足音がするのを待ちかまえていたことがある。そしてついにドアが開いて、バレット嬢が「ブラウニングさん！」と叫んだのだった。今度は誰が来ようとしているのか？　どんな覆面の男か？　時刻がたつにつれて、彼はまったくひとりきりで放っておかれた。客間へは誰も入ってこない。食べ物も飲み物もなくフラッシュは客間で横になっている。ぶちのスパニエルが千匹ぐらいも来て、ドアをクンクン嗅ぎまわっても、彼は離れて引っこんでいたことだろう。というのは時間が経つにつれて、何かが外から家の中へ押し入ろうとしている、圧倒するような感じがしたからである。ソファのすそのひだ飾りのかげからのぞいてみる。

燭台を支えているキューピッド像、黒檀のたんす、フランス風の椅子、どれもこれもばらばらに押しのけられたように見える。自分自身も何か見えないものに場所をあけてやるために、壁に押しつけられていくみたいに感じる。一度ブラウニング氏を見かけたが、いつものブラウニング氏ではなかった。ウイルソンも一度見かけたが、やはり変っていた——二人ともまるで、自分が感じとっているあの目には見えないあるものの姿を目の前に見ているみたいだ。二人の目は奇妙にどんよりしていた。

ついにウイルソンが顔をまっ赤にして服も乱れた姿で、しかし勝ち誇ったようすでやって来て、フラッシュを腕に抱き、二階へ連れて行った。部屋に入る。ほの暗い部屋にかすかな子山羊の鳴くような声がする——枕の上で何かがもこっと動く。生きものだ。みんなの世話にならないで、玄関のドアも開けないで、部屋の中でたったひとりで、ブラウニング夫人の身体は、二人に分かれたのだ。そのいまわしいものは、ブラウニング夫人のそばで身動きし、子猫のような声をだした。隠しきれない怒り、嫉妬、深い嫌悪感にかられて、フラッシュは身をもがいて放してもらい、階段を一目散に走りおりた。ウイルソンとブラウニング夫人がフラッシュを呼び戻す。二人はフラッシュを撫でて気を引いてみる。おいしいものを差しだす。しかし、そんなことは効き目がなかった。このぞっとする光景、胸がむかむかするこの生きものにおじけついて、フラッシュは蔭になったソファか暗い隅があればどこへでも逃げこんだ。「……まる二週間というもの、フラッシュは深い憂うつな気持に陥り、どんなに可愛がって世話をやいてもらっても、心はほぐれませんでした」――ブラウニング夫人はほかにもたくさん気の散ることがある最中でさえ、こう気づかないではいられなかった。そして人間世界の一分、一時間を犬の心の中に落としてみて、その一分が何時間にもふくれあがり、一時間が何日にもふくれあがるのを見るならば（わたしたちはそう見てやらなければいけないのだが）、フラッシュの「深い憂うつ」が人間世界の時間にしてみればまる六カ月続いたと結論しても、あながち誇張ではないだろう。たくさんの人間の男も女も、憎しみや愛情を六カ月もたたないうちに忘れ去るのだから。

しかしフラッシュはもう、ウィンポール街時代のしつけも訓練も受けていない犬ではない。自分なりの教訓も学んできた。ウイルソンが彼をぶったこともある。新しいうちに食べられるケーキを、かび臭くなってから飲みこまなくてはならなかったこともある。愛そう、噛みつかない、と誓ったこともある。ソファの下に寝ころんでいると、こういう思い出すべてが、心の中をめぐる。それでとうとうソファの下から出てきた。今度もまた、その報いがきた。最初のうちは確かに、その報いは絶対的にいやだと思うほどでなくとも、わずかなものだった。赤ちゃんを背中にのせて、フラッシュは赤ちゃんに耳を引っ張られながら、ちょこちょこ歩きまわらなければならない。しかしフラッシュはとても快く従い、耳を引っ張られると、ふり向いて「小さな、えくぼのあるむきだしの足」にキスするだけだった。だから三カ月もたたないうちに、この無力でか弱く、哀れな声で泣いたり駄々をこねたりするお馬鹿さんは、どういうわけか、ほかの人よりも「全体としてみると」――とブラウニング夫人は言っている――フラッシュの方が好きになってしまった。するとふしぎなことに、フラッシュも赤ちゃんを可愛く思うようになった。お互いに何か共通点があるのではないか――赤ちゃんはいろいろな点でどこかフラッシュに似てはいないか？　二人は同じものの見方、同じ趣味をもっているのではないか？　たとえば風景のことだ。フラッシュには風景などすべてつまらない。ここ何年間も、山々の景色にじっと目を注ぐなどという気には一度だってなったことがない。ヴァロンブローザ[*1]に連れて行ってもらった時も、そこの森林のすばらしさなどみな彼を退屈させるばかりだった。今度もまた、赤ちゃんが生後三、四カ月の頃、旅行用の馬車に乗ってもう一度長い旅に出た。赤ちゃんは乳母に抱かれ、フラッシュはブラウニング夫人の

＊1――フィレンツェ東方の景勝地、ベネディクト派の古い寺院で有名。

膝の上に坐っていた。馬車はどんどん進んで行き、アペニン山脈の高地を骨折って登って行く。ブラウニング夫人はわれを忘れて喜んでいる。窓から離れることができない。英語をくまなく探してみても、自分が感じたことを表現するのにじゅうぶんな言葉が見つけられない。「……アペニン山脈のえも言われぬ、ほとんど幻のような風景、さまざまに変化するすばらしい色彩と形、突然移り変って行く山々の姿、いきいきとした個性をもった山々、自らの重みで深い谷あいへずり落ちて行く栗林、流れてやまぬ奔流によって割れ目を作られかき削られた岩壁、山また山と積み重なり、まるで自分の力で積み重なりながら、その骨折りの途中で色を変えて行ったみたいな堂々たる山々の姿」――アペニン山脈の美しさは、おびただしい言葉を生み出したので、それらの言葉は実際に互いにぶつかり合い消えてなくなるぐらいだった。しかし赤ちゃんとフラッシュとは、このような刺戟もこのような表現力の無さも、ちっとも感じなかった。両方とも黙っていた。フラッシュは「窓から頭を引っこめて、その風景は一見の価値があるとは思わなかったようでした……フラッシュは木々とか山々とか、そんな種類のものは何でも、ひじょうに軽蔑しています」と、ブラウニング夫人は結んでいる。馬車はごろごろ音をたてて進んで行く。フラッシュは眠り、赤ちゃんも眠る。そのうちとうとう、灯りや家々、男や女たちが馬車の窓をよぎるのが見えてくる。一行はある村に入っていたのだ。とたんにフラッシュは耳目をそばだてた。「……彼の目は熱心さのあまり、頭からとび出しそうでした。東を見、西を見、そのようすは、まるで頭の中でメモをとるか、その用意をしているみたいに思われたことでしょう。」フラッシュを興奮させるのは人間的な場所である。美というものは、緑色やすみれ色の粉に結晶させてから、フラッシュの鼻の奥にあるぎざぎざのふちのついた管めがけて、神様のスポイトで吹きつけてやると、はじめてフラッシュの感覚を刺戟するものなのだ――少くともそんなふうに思われる。するとその結果は言葉になって現われず、言葉にならない激しい歓びとなって現われる。ブラウニング夫人だったら目で見るところを、フラッシュはいつも鼻で嗅ぐ。彼女なら書くところを、彼は鼻をクンクンいわせる。

したがって、ここで伝記作者がちょっと筆をとめるのもやむを得ない。われわれが目で見るものを表現するには言葉を二千、三千と費しても足りないのに――ブラウニング夫人はアペニン山脈にすっかり圧倒されたことを認めないわけにはいかない、「ここで見るものがどんなふうかをわかって頂くことは、とうていできそうもありません」と言っている――われわれの鼻で匂いを嗅ぐものに対しては、たったふた言み言しかないのだから。人間の鼻は実際には存在しないと同じだ。世に名だたる大詩人たちでさえ、一方で薔薇の花を、他方で糞の臭いを嗅いだに過ぎない。その間に存在する数限りない匂いの段階は記されていない。しかしフラッシュが生活しているのは、たいがいは匂いの世界なのだ。恋は主に匂いである。形も色彩も匂いである。音楽、建築、法律、政治、科学、すべて匂いである。彼にとっては、宗教そのものも匂いなのだ。毎日の骨つき肉やビスケットを食べるというきわめて簡単な経験を述べることも、われわれ伝記作者にはできないのだ。スウィンバーン氏[*1]でさえ、六月の暑い昼さがりのウィンポール街がフラッシュにはどのように感じられたかを、伝えたりはできなかったろう。スパニエルの匂いに混じったたいまつ、月桂樹、香のかおり、旗、ろうそく、樟脳（しょうのう）を入れてしまってあった繻子（しゅす）の靴のかかとで踏みしだかれた薔薇の花びらの花環の匂いを述べるなどということは、おそらくシェイクスピアだって、もし『アントニーとクレオパトラ』を書いている最中に、しばらくペンをおいたとしても、とてもできなかったろう――だがシェイクスピアはペンをおいたりはしなかった。だから、われわれには匂いを描写する能力などないことを白状し、フラッシュの生涯のうちでいちばん充実し自由で幸せだったこの時代に、フラッシュにとってイタリアとは、主として次々に漂ってくるさまざまな匂いのことだったのだ、と記すことができるだけだ。恋にはだんだん興味がなくなってきたと考えられる。だが匂いは残ったのだ。一行は再びカーサ・グウィーディに戻って落ちつくと、みんながそれぞれ仕事をした。ブラウニング氏がひと部屋にこもって、いつもきまったように書きものをする。ブラウニング夫人もうひとつの部屋で、いつもきまったように書きものをする。赤ちゃんは子供部屋で遊ぶ。しかしフラッシュはフィレンツェの通りへぶらぶら出かけて行って、有頂天になって匂いを楽しむ。匂いによって大通りや裏道、広場や横丁を縫うように通って行く。匂いによって道を嗅ぎわける。荒っぽい匂い、なめらかな匂い、暗い匂い、明るい光の匂いを。出たり入ったり、登ったり下ったりして、真ちゅうを打ち伸ばしているところ、パンを焼くところ、女たちが髪を櫛でとかしているところ、鳥籠が土手道に高くつみ上げてあるところ、葡萄酒がこぼれて歩道の上に黒ずんだ赤いしみをつけているところ、革の匂い、馬具の匂い、にんにくの匂いのするところ、布を打っているところ、葡萄の葉が揺れているところ、男たちが坐り、飲み、唾を吐き、さいころをころがしているところ——いつも鼻を地面に向け、たちのぼる匂いを吸いこんだり、すてきな香りに鼻をひくひくさせて空中に突きだしたりしながら、走りこみ、走り出るのである。この暑い日向で眠り——石は日向ではなんといやな臭いがするのだろう！　あのトンネルの日蔭を求める——

＊1——一八三七—一九〇九、イギリスの詩人、批評家、流麗な文体をもつ。

熟れた葡萄の房をいくつもむさぼるように食べるのは、主にその紫色の香りのためである。イタリア人のおかみさんがバルコニーから投げ捨てた山羊のがらやマカロニを、フラッシュは噛んでは吐きだす――山羊とマカロニはざらざらした匂い、まっ赤な匂いだ。うっとりするような甘美な香の匂いをたどって行くと、すみれ色に入りくんだ暗い大寺院の中に着く。そして鼻をクンクンやりながら、ステンド・グラスの窓の影が映った墓の上の金文字をなめようとする。またフラッシュの触覚も、嗅覚に負けず劣らず鋭い。フィレンツェのすべすべした大理石も知っていれば、砂利やごろごろする小石のあるフィレンツェも知っている。彫像の神々しい衣のひだ、なめらかな指や足は、舌でなめられ、ぴくぴく動く鼻づらのふるえを受ける。フラッシュの極度に敏感な足の裏には、ラテン語の碑文の誇らしげな銘が、はっきりした跡をつける。つまりフラッシュはこれまでどんな人間も知らなかったフィレンツェを知っているのだ。ラスキン[*1]もジョージ・エリオット[*2]さえも知らなかったようなフィレンツェを。フラッシュは口のきけないものだけにわかるフィレンツェを知っているのだ。無数にある彼の感覚のうち、何ひとつ甘んじて言葉によってゆがんだ形に変えられたりはしていない。

しかし初老にさしかかったフラッシュの生活が、言葉で表現しがたいような、やりたいほうだい遊びまわる愉快きわまる日々であったろうと推測することは、伝記作者にとって楽しいことだ。また、赤ちゃんは毎日新しい言葉を覚え、それにつれて少しずつ感覚を手のとどかないところへおき去りにして行くのだが、フラッシュは、ものの精髄（エッセンス）が完全に純粋な状態で存在し、ものの裸のままの魂が裸のままの神経にふれてくる楽園にいつまでもとどまる運命にあるのだ、と主張することもうれしいことなのだが——事実はそうではない。フラッシュはそのような楽園に住んではいなかった。星から星へとびまわる精霊、はるかに極地の雪野原や熱帯の森林の上を飛び、人家やそこから立ちのぼる煙の見えるところに来ない鳥なら、とにかく、そのような無垢な喜び、完璧な幸福を味わえるかもしれない。しかしフラッシュは人間の膝にのり、人間の声を聞きつづけてきた。彼の肉体には人間の情念が流れている。フラッシュは嫉妬や怒りや絶望のあらゆる様相を知っている。いまや夏となって、フラッシュはノミに悩まされていた[†]。葡萄を熟させた太陽がノミをも育てるというのは、残酷な皮肉である。「……サヴォナローラ[3]が、ここフィレンツェで受けた苦難も迫害も、この夏のフラ

*1—ジョン・ラスキン、一八一九—一九〇〇、イギリスの批評家。美術紀行『フィレンツェの朝』を著す。
*2—一八一一—八〇、イギリスの小説家。『ロヨラ』（一八六三）で十五世紀末のフィレンツェを描いた。
*3—一四五二—九八、イタリアの僧で迫害され、火刑に処せられた。

ッシュの苦難よりひどくはなかったでしょう」とブラウニング夫人は書いている。ノミはフィレンツェの家々のあらゆる隅々からとび出してくる。古い石のあらゆる割れ目から、古いタペストリ織の壁掛けのあらゆる折り目から、あらゆる外套、帽子、毛布から、ピョンピョン跳んで出てくる。フラッシュの毛の中にノミが住みつく。毛のびっしり生えた奥の方へと、噛んでは進んで行く。フラッシュはかきむしる。健康が衰え、気むずかしくなり、やせて熱が出る。ミットフォード嬢に問い合わせが出される。ノミにはどんな薬が効くでしょうか？とブラウニング夫人は心配そうに書く。スリー・マイル・クロスの村で今も温室の中に坐って、まだ悲劇を書いているミットフォード嬢は、ペンをおき、昔の処方箋――どんなサンザシが効いたか、どんな薔薇のつぼみが効いたか――を調べる。ところがレディングのノミはひとひねりで死ぬが、フィレンツェのノミは赤くて元気旺盛だ。ミットフォード嬢のノミとり粉も嗅ぎタバコぐらいに感じていると言ってよかろう。ブラウニング夫妻は絶望して、水の入ったバケツのそばにしゃがみこんで、石けんとブラシでいっしょうけんめいこの害虫を追い払おうとした。これも効き目がなかった。とうとうある日、ブラウニング氏がフラッシュを散歩に連れだした時、人々がフラッシュの方を指さしているのに気がついた。ひとりの男が鼻に指をあてて「ラ・ローニャ（皮癬）」と小声で言っているのが聞こえる。この頃までには「ロバートはわたくしと同じくらいフラッシュを可愛がっています」というふうになっていたので、友を連れて午後の散歩に出て、その友がこんな汚名を着せられるのを耳にすることは、とうてい我慢できなかった。ロバートは「もうこれ以上我慢しきれません」と夫人は書いている。たったひとつの治療法が残っていた。それは皮癬という病気そのものとほとんど同じくらい猛烈な荒療治である。フラッシュがどんなに民主的になり身分をあらわすしるしなどに無頓着になったとしても、今も彼はフィリップ・シドニー言うところの「生まれながらの貴族」である。フラッシュは純血の血統を背中にのせて歩いている。フラッシュの毛が彼にとって持つ意味は、広大な地所をすっかり失ってたったひとつの金の懐中時計を持つだけになってしまった斜陽地主にとって、家紋の入ったその時計が持っている意味と同じである。今ブラウニング氏が犠牲にしようと言いだしたのは、その毛なのだ。フラッシュをそばへ呼ぶと、「鋏(はさみ)をとり出し、毛をすっかり刈りこんで、ライオンみたいにしてしまった」のである。

ロバート・ブラウニング氏がチョキチョキ鋏を動かし、コッカー・スパニエルのしるしが床に落ち、まったく別の動物のこっけいな姿が首のあたりに浮かび出ると、フラッシュは自分が骨抜きになって、縮まったように感じ、恥ずかしさを覚えた。ぼくは今ではなんなのだろう？　と鏡をのぞきこみながら考える。すると鏡は、鏡のもつ残酷な正直さで答える、「君はもうなんでもないよ」と。自分はもう何者でもないのだ。確かにもはやコッカー・スパニエルじゃない。しかしじっと見つめていると、今では毛も生えていないし巻き毛でもなくなった耳が、ぴくぴく動くように思われる。まるで真実と笑いの力強い精霊が、耳の中へ囁き声で話しかけているみたいだった。何者でもないということ――それは結局のところ、この世でいちばん満足な状態ではなかろうか？　フラッシュはもう一度見つめる。そこには首のまわりのひだえりみたいな毛が映っている。自分たちは偉いんだぞと主張する者たちの派手なもったいぶった姿を茶化して見せること――それもそれなりにひとつの生き方ではなかろうか？　ともかくフラッシュがこの問題をどう解決しようと、ノミから解放されたのは疑いない。フラッシュは自分のひだえりをぶるぶるっと振る。裸のやせ細った脚で踊る。元気いっぱいだ。絶世の美人が病床から立ち上がり、自分がすっかり醜い顔に変ってしまったのを見出して、衣服も化粧品も焼き捨て、二度と再び鏡の中をのぞきこむ必要もなければ、恋人の冷たさや恋敵の美しさを恐れる必要もないと思って、うれしさに声をたてて笑う時は、きっとこんな気持なのだろう。牧師が二十年もの間、堅いのりつきカラーや黒ラシャの法服に包まれたあとで、自分のカラーをごみ箱へ投げ捨て、戸棚からヴォルテールの著書をひっぱりだす時も、きっと同じ気持であろう。そこでフラッシュは、身体じゅうすっかりライオンみたいに刈りこまれて、でもノミからは解放されて、まっしぐらに走りだす。「フラッシュは利口です」とブラウニング夫人は妹に宛てて書いている。おそらく彼女は、幸福は苦難を通じて初めて到達されるというギリシャのことわざのことを思い浮かべていたのだろう。毛は失ったが、ノミからは解放された者こそ、真の賢者なのである。

しかし間もなく、フラッシュは自分の新しくかちえた叡知を試されることになる。一八五二年の夏に再び、あの危機の兆しが見られた。引き出しが開けられ、ひもがカバンからだらりと垂れたままになるにつれて、音もなく忍びよってくる危機だ。それは犬にとっては、羊飼に稲妻を予告する雲のように、あるいは政治家に戦争を予言する風聞のように、心を脅かすものだ。また変化が起る。また旅行に出かけるしるしだ。さて、それがどうだというのだ。大型トランクは引っ張りおろされ、太いひもがかけられる。赤ちゃんは子守りに抱かれて外へ連れ出される。ブラウニング夫妻が旅行に出る服装をして姿を現わす。玄関には辻馬車が待っている。フラッシュは考え深そうに玄関で待っている。みんなの用意ができれば、自分はいつでも行けるのだ。一行がみんな馬車に乗りこんだので、フラッシュもひとっとびで軽々と跳び乗る。ヴェネツィアか、ローマか、パリか——どこへ行こうとしているのだろう？　今ではどこの国もフラッシュには同じだった。人間はみな兄弟だ。そういう教訓をひとりで身につけていた。しかし何がなんだかわからない状態からついにぬけ出すと、これまでの自分の叡知がみんな必要とされた――フラッシュはロンドンにいたのである。

家々は規則正しい煉瓦の鮮やかな大通りとなって、左右に広がっている。歩道は足の下で堅くて冷たい。あそこの真ちゅうのノッカーのついたマホガニーのドアから出て来た婦人は、紫色のビロードのゆったりとした長衣を豊かに着こなしている。髪には花をちりばめた軽い花冠がのっている。優美なひだのある裾を身にひき寄せて、その婦人は尊大なようすで通りに沿って目を走らせる。その間に従者がぺこぺこ身をかがめながら、幌のついた四輪馬車の踏み段をおろす。ウェルベック街[1]じゅうが――そこはウェルベック街だったのだ――赤く輝いた光に包まれている――イタリアの光のように澄んだぎらぎら照りつける光でなく、百万もの車輪のほこりで荒らされ、百万ものひずめに踏みつけられて、黄褐色になった光である。ロンドンの社交季節は今が盛りであった。音のとばり、入りまじるブンブンうなるざわめきの雲が、合流してひとつのうなりとなりロンドンをおおっている。堂々としたディアハウンド[2]が鎖で侍童に引かれてやってくる。ひとりの警官が、リズミカルに大股でとっとと通り過ぎながら、手下げランプを左右に照らす。シチューの匂い、牛肉の匂い、肉にかけるたれの匂い、牛肉とキャベツの匂いが、何百もの地階からたちのぼる。お仕着せを着た玄関番が手紙を郵便ポストへ入れた。

この首都のすばらしさに圧倒されて、フラッシュは玄関前の石段に片足かけたまま、一瞬立ちどまる。ウイルソンも立ちどまる。イタリアの文明も、宮廷も革命も、大公も近衛兵も、今ではなんとつまらなく思えたことだろう！　結局はリーギ氏と結婚しなくて助かったわ、と、警官が通りかかった時に、ウイルソンは思った。その時不気味な人影が角の居酒屋から現われた。ひとりの男がながし目で見た。フラッシュはひとっとびで家の中へかけこんだ。

もう何週間もの間、フラッシュはウェルベック街の下宿屋の居間に厳重に閉じこめられていた。相変らず閉じこめることが必要だったからである。コレラが発生していた。コレラの発生は「ミヤマガラスの森」の状態をいくぶんよくしてくれたのは事実だ。しかし、じゅうぶんというわけではない。というのは今でも犬が盗まれ、ウィンポール街の犬たちは今でも鎖で引かなければならなかった。フラッシュはもちろん社交をはじめた。郵便ポストや居酒屋の前で犬に出会うと、イギリス犬におのずからそなわった品のよさで歓迎してくれる。イ

＊1―ウィンポール街の隣の街。
＊2―鹿狩りに使われたスコットランド産の猟犬。

ギリス貴族が一生東洋で暮らし、土着民の悪習もいくらか身につけている――実のところ、彼はマホメット教になって、中国人の洗濯女に男の子を生ませたといううわさも流れている――その貴族が、イギリスの宮廷に戻って来た時に、昔の友達がそういう脱線行為をいとも快く見逃してくれて、チャッツワースへ招待され――もっとも彼の妻の名は招待状に見あたらないが――一族のお祈りにも加わることを当然のこととして認めてもらっている。ちょうどこういうふうに、ウィンポール街のポインターやセッターたちはフラッシュを歓迎してくれて、その毛がすっかり刈りこまれていることなど見逃してくれたのである。しかしロンドンの犬たちには一種病的なところがあるようだ、と今のフラッシュには思われた。カーライル夫人の犬、ネロが自殺しようとして最上階の窓から飛び下りたことは[†]、誰もが知っていることだ。チェイニー・ロウ[*1]での緊張した暮らしが堪え難かったのだ、と言われている。ウェルベック街に再び帰って来た今、フラッシュには、実際この話はほんとうだと思われた。年じゅう閉じこめられていること、こまごましたものの氾濫、夜はゴキブリ、昼は青蠅、あたりにたちこめる羊肉の匂い、食器棚の上にいつも置いてあるバナナ――こういうものすべてとともに、重々しい服装をし、たまに入浴するか、ぜんぜん入浴しない男や女たちが何人か近くにいるので、フラッシュの気分をいら立たせ、神経を緊張で疲れさせた。フラッシュは下宿の細長いたんすの下で、何時間も寝ていた。ドアから逃げだすことはできない。玄関のドアは、いつも鍵がかかっている。誰かが自分を鎖で引いて行ってくれるのを待たなければならないのだ。

たったふたつの出来ごとが、フラッシュのロンドンで暮らした数週間の退屈さを救ってくれた。その夏も終りに近づいたある日、ブラウニング夫妻はファーナム[*2]に牧師のチャールズ・キングズレー[*3]を訪ねて行った。イタリアならば地面には草一本生えていず、煉瓦のようにかちかちに堅かっただろう。ノミがほしいままに跳ねまわっていたろう。日蔭から日蔭へと身をひきずってのろのろ歩いたことだろう、ドナテルロの造った彫像がさしのべている腕のひとすじの日蔭でさえも有難いと思いながら。しかしここファーナムでは緑の草地がある。青い水溜まりがある。木の葉のざわめく森があり、足が触れると弾むほどきめ細かな芝生がある。ブラウニング夫妻とキングズレー夫妻は、その日一日をいっしょに過した。そしてフラッシュが彼らの後から小走りについて行くと、昔のあのトランペットが鳴った。昔のうっ

＊1—ロンドン南西のチェルシーにある、カーライルの住んだ通り。
＊2—サリー州の町。
＊3—一八一九—七五、イギリスの小説家で詩人。

とりするような歓びがよみがえる——あれは兎かな？　それとも狐かな？　フラッシュは、昔スリー・マイル・クロス村で走って以来、初めてサリー州のヒースの野を走りに走った。一羽のキジが紫と金色の水がしゅっとほとばしるように、一直線に舞い上がる。キジの尾羽根にもう少しで噛みつきそうになった時、人の声が響きわたる。笞がぴしりと鳴る。後に続け、ときびしくどなったのは、牧師のチャールズ・キングズレーだろうか？　ともかく、フラッシュはこれ以上走るのをやめた。ファーナムの森は、きびしい禁猟区域である。

数日後、フラッシュがウェルベック街の家の居間に寝そべっていると、ブラウニング夫人が散歩に出る服装をして入って来て、細長いたんすの近くにいたフラッシュを呼ぶ。フラッシュの首輪に鎖をすべりこませ、一八四六年の九月以来初めて二人いっしょにウィンポール街に散歩に出た。五十番地の戸口にやって来ると、昔と同じように立ちどまる。昔とまったく同じように、二人は待っている。昔とちょうど同じように、執事はなかなか出て来ない。とうとうドアが開く。玄関のマットの上にうずくまっているのは、キャティラインだなんてほんとうだろうか？　歯のぬけおちたその老犬は、あくびをし、のびをして、ぜんぜんこちらに気づかない。昔一度その階段を降りて来た時と同じように、こっそりと忍び足で、二人は二階へ上って行く。まるでその部屋にどんなものが見えるかを怖がっているみたいに、そっとドアを開けて、ブラウニング夫人は部屋から部屋へと進んで行く。見て行くにつれて、彼女の顔は憂うつそうなかげりを帯びてくる。「……どの部屋も、どういうわけか昔より狭くうす暗く思われましたし、家具も部屋に合わない感じですし、不便そうに見えました」、と書いている。蔦は奥の寝室の窓ガラスを、相変らずパタパタと叩いている。模様のあるブラインドが、相変らず部屋をうす暗くしている。何ひとつ変っていない。あの時以来、何も起らなかったのだ。そういうふうにして部屋から部屋へと、悲しい思い出をたどりながら歩いて行く。しかし彼女が各部屋の点検を終るずっと前から、フラッシュは不安にとりつかれていた。もしもバレット氏が入って来て、自分たちを見つけたらどうしよう？　ちょっとしかめっ面をして、鍵をまわし、奥の寝室に永久に二人を閉じこめたりしたらどうしよう？　とうとうブラウニング夫人はドアを閉めて、もう一度そっと下へおりた。そう、この家は掃除が足りないようだわ、と言った。

その後では、フラッシュに残された望みはただひとつ——ロンドンを、イギリスを永久に離れることだった。フランスへ渡る英仏海峡を航行する汽船に乗ってから、やっと安心したのである。その航海は荒れもようだった。海峡横断に八時間かかった。汽船が上下左右に揺れ動くにつれて、フラッシュはさまざまな思い出がごっちゃになってあらしのように激しくめぐるのを感じた――紫のビロードで装った婦人たち、袋を背負いぼろをまとった男たち、リージェント公園や、馬に乗ったお先駆けの従者とともにさっと通りすぎるヴィクトリア女王、イギリスの芝生のみずみずしい緑、イギリスの歩道のむっとするいやな臭い――船の甲板に寝ているると、こういうものすべてが心の中を次から次へと過ぎて行く。そして目を上げると、手すりによりかかっている、険しい顔つきの背の高い男が目に入った。

「カーライルさん！」[*1]とブラウニング夫人が叫ぶのが聞こえる。それを聞くと――この航海は荒れもようだったことを忘れないでほしい――フラッシュは激しい吐き気におそわれた。船員たちがバケツや雑巾を持って走って来た。「……かわいそうに、フラッシュはことさら甲板を下りるよう命じられました」とブラウニング夫人が言った。というのは、甲板もまだイギリスであり、犬が甲板で吐き気をもよおしては困るからだ。フラッシュは故国の岸辺に対して、このように最後の別れを告げたのである。

*1――一八五一年九月、パリへ行く途中のカーライルと道連れになる。

6　死

　フラッシュはいまや老犬になりつつあった。イギリスへの旅と、その旅行によって呼びさまされたさまざまな思い出が、フラッシュを疲れさせたことは確かである。帰って来てからは、フラッシュが日向より日蔭を求めるようになったことが注意をひいた。もっともフィレンツェの日蔭の方がウィンポール街の日向よりも暑いのであるが。彫像の下に寝そべって、ときおり自分の身体にふりかかるしぶきがめあてで、噴水の水の出口の下にうずくまって、何時間もうとうとと寝ている。若い犬たちがフラッシュのまわりにやってくる。よくその犬たちにホワイトチャペルやウィンポール街の話をしてやる。クローヴァーの匂いやオックスフォード街の匂いを話して聞かせる。ひとつの革命が起り、またもうひとつ起ったことを、記憶をたどって何度も話してやる――どんなふうにして大公がやって来て、また去っていったかを。だが左手の横丁のあのぶちのスパニエル――あの雌犬はいつまでも生きていくさ、とフラッシュは話したものだ。その時、荒っぽいランダー氏が急ぎ足で通りかかり、怒るまねをしてフラッシュに向かってこぶしをふりあげる。心やさしいアイサ・ブラグデン嬢は立ちどまって、手さげ袋から砂糖つきのビスケットを出してくれる。市が開かれている広場の百姓女たちは、籠の日蔭に野菜の葉でベッドを作ってくれて、ときおり葡萄をひとふさ投げてくれる。フラッシュはフィレンツェじゅうの人々――身分の高い人にも低い人にも、犬にも人間にも、愛されていた。

しかし、フラッシュは、もう老犬になりつつあった。だんだんに横になっている時が多くなり、それも噴水の下でさえなく――玉石が老いた骨には堅くてこたえたから――ブラウニング夫人の寝室の床の上、グウィーディ家の紋章がつるつるの模造大理石の模様を描き出しているところや、客間の客用テーブルの下の暗がりである。ロンドンから帰って間もないある日、フラッシュはそこにながながと横になりぐうぐう眠っていた。老齢に特有の、夢も見ない深い眠りが彼の上に重くのしかかっていた。実際今日はいつになく眠りが深い、フラッシュが眠っている間に、そのまわりの暗闇が濃くなってきたようだから。もし夢を見たとすれば、陽の光もさえぎられ、人の声も聞こえない原始林の奥で眠っている夢である。もっとも眠っている間にときおり、夢を見ている小鳥の眠そうなさえずりや、風が木の枝をゆさぶるときには、もの思いにふけっている猿のやわらかなくすくす笑いが夢の中で聞こえてきた。

するとと突然、枝々が分かれてさっと光がさしこむ――あちらこちらにまばゆい光のすじを描く。猿はキイキイ声で喋りあい、小鳥はびっくりして鳴き呼びあいながら飛びたつ。フラッシュははっとして立ち上がり、すっかり目が覚めた。自分のまわりじゅうびっくりするような大騒動である。フラッシュはふつうの客間のテーブルの裸の脚の間で、寝こんだのだった。それが今では、波うつスカートやふくらむズボンにとり囲まれている。その上テーブルそのものが激しく左右に揺れ動いている。どちらへ逃げればよいかわからない。いったいぜんたい何が起ったのだろう？　いったい客用テーブルにどんなものがのりうつったというのだろう？　フラッシュは問いかけるように長く音をひきのばして、終りの方を高い声で吠えた。

フラッシュの質問には、ここでは満足に答えられない。二、三の事実、それも単純なむきだしの事実しかあげられない。それだから手短かに言えば、十九世紀の初めにブレシントン伯爵夫人[*1]が魔術師から水晶の球を買ったらしい。伯爵夫人は「どうやって使うのか、ぜんぜんわからなかった」。実際その球の中に水晶以外の何かが見えたことは一度もなかったのだ。

しかし伯爵夫人の死後、家財の売立てがあり、その球は「もっと深くものが見える人、言いかえればもっと純粋な目で見」、その球の中に水晶以外のものまで見られる人々の手に渡った。スタノップ卿[*2]がその買い手であったのか、「もっと純粋な目で」見た人とは卿のことなのかどうかは、書かれていない。しかし一八五二年頃までにスタノップ卿がある水晶球を手に入れたことは確かで、スタノップ卿は、球をのぞきこみさえすれば、ほかのものにまじって「太陽の心霊」が見えたのも確かである。これは明らかに、人をもてなすのが好きな貴族が自分ひとりにしまっておけるような霊視力ではない。そこでスタノップ卿は昼食会でこの球を見せたり、友達を招いて太陽の心霊を見てもらったりする習慣がついた。この見せものにはどこか奇妙に心をたのしませるところがあった――さすがにチョーレー氏[*3]にはそう感じられなかったが。水晶球は大流行になった。幸いロンドンの眼鏡屋はまもなく、エジプト人か魔術師になったりしないでも、そういう球を作れることがわかった。しかし当然のことながら、イギリスの水晶の値段は高かったが。このようにして一八五〇年初めにはたくさんの人々が球を手に入れていた。もっともスタノップ卿の言うところによれば、「多くの人たち」が球を使っているが、そのことを人に言うだけの精神的勇気を持ち合わせていない」ということになるのだが。実際のところ、ロンドンにおける心霊の流行はいちじるしく、いくぶん不安が感じられるほどだった。スタンレー卿[*4]はサー・エドワード・リットン[*5]に「政府は、できる限り真相をつかむために、調査委員会を任命してはどうか」と提案した。政府の委員会がもうじきできるという噂に心霊たちが恐れをなしたのか、あるいは心霊も肉体同様に、狭いところに閉じこもると増えていく傾向があるのか、とにかく心霊が不安な兆しを見せはじめ、集団で逃げだし、テーブルの脚に住みついたことは疑いないところだ。動機が何であろうとも、そのやり方は成功した。水晶球は高価であるが、テーブルはほとんど誰でも持っている。こういうわけで、一八五二年の冬ブラウニング夫人がイタリアへ帰った時には、心霊が彼女よりもひと足先に来ていたことがわかった。フィレンツェのテーブルというテーブルは、ほとんどどれも心霊に感染していた。「公使館からイギリス人の薬屋にいたるまで、

＊1―（一六五頁）一七八九―一八四九、アイルランドの女流小説家。文芸サロンを開き、ブラウニング夫人の作品の公刊もした。
＊2―フィリップ・ヘンリー・スタノップ。一八〇五―七五、第五代スタノップ伯。政治家、歴史家。
＊3―ヘンリー・フォザーギル・チョーレー。一八〇八―七二、音楽批評家、詩人、小説家で「ポール・ベル」の筆名を使う。
＊4―一七九九―一八六九、第十四代ダービー伯。政治家、詩人。一八五二、一八五八―九、一八六六―七と首相をつとめる。
＊5―一八〇三―七三、政治家、小説家。後のブルワー・リットン。

人々は『食卓に仕え』[*1]ています。テーブルのまわりに集まるのは、トランプでホイストをするためではないのです」と、彼女は書いている。そのとおりだ、テーブルの脚が伝えてくる暗号文を解くためなのだ。こうしてもし子供の歳を訊かれれば、テーブルは「脚でとんとん音をたてることによって、利口そうに答えます。アルファベットの順番にしたがって返事をするのです」。そしてテーブルが、あなたのお子さんは四歳です、と答えられるとすれば、その能力にはどんな制限があろうか？　店には回転テーブルの広告が出ている。壁には「リヴォルノ[*2]にて出現した（スコペルテ）」数々の奇蹟について広告したポスターが貼られている。一八五四年までにはこの運動は急速に広まったので、「アメリカでは四十万世帯が、心霊との交流を現に楽しんでいる……として名のり出ていた」。そしてイギリスからは、サー・ブルワー・リットンがネブワス[*3]へ「アメリカのとんとん音をたてる心霊をいくつか」輸入したというニュースが伝わった。その結果はひじょうにうまく行き、サー・エドワード・ブルワー・リットンは自分の姿が人に見えなくなったと信じこんだ[†]――幼いアーサー・ラッセル[*4]は、朝食の時に自分の方をじっと見つめている「奇妙な顔つきをして、よれよれのガウンを着ている老人」を見た時、その姿は見えないのだよと教えられたのである。

　ブラウニング夫人がある昼食会でスタノップ卿の水晶球を初めてのぞいた時には、何も見えなかった——実に水晶球が現代の驚くべき兆候なのだとわかっただけであった。太陽の心霊は、彼女はもうじきローマに行く、とほんとうに告げたのだが、ローマへ行く予定などなかったので、太陽の心霊などの言うことは嘘だと言った。「でもわたくし、ふしぎなことは大好きですわ」と、本心をつけ加えた。冒険好きというのがブラウニング夫人のいちばん目立つ性質である。以前マニング街へ命がけで出かけたこともある。ウィンポール街から馬車で三十分足らずのところに、夢にも思わなかったような世界を発見してきた。フィレンツェから一瞬間、というよりその半分飛んだだけで、もうひとつの別の世界——死者たちが生きていて、われわれにつながりをつけようと空しい努力をしている、もっとよい世界、もっと美しい世界があってはなぜいけないことがあろうか？　とにかく思いきってやってみよう。そこで彼女もまたテーブルに向かって腰をおろした。すると姿が人の目に見えなくなった父親[*5]

*1—元来は心の糧をさしおいて、飲食や身のまわりのことを先にするの意味、「使徒行伝」六—二。
*2—イタリア北西部の港市、レッグホーンともいう。
*3—ロンドン北方ハーフォード州の町、十五世紀以来のリットン家の邸がある。
*4—一八二五—九二、政治家。五七年より二十八年間国会議員。
　邸を当時の政治家、文人のサロンに開放した。
*5—ブルワー・リットンのこと。

の才気かんぱつな息子のリットン氏[1]がやってくる。それからフレデリック・テニスン氏[2]もパワーズ氏[3]もヴィルラーリ氏[4]もくる――みんなでテーブルに向かって坐る。それからテーブルがかたかた跳ねるのが終ると、みんな坐ってお茶を飲み、クリームのかかったいちごを食べ、「フィレンツェが山々の紫色に溶けこんで、星がまたたく」ところを見ながら、えんえんとお喋りを続ける。「……わたくしたちはなんと話をしたことでしょう！　ああ、アイサ[5]、わたくしたちはここではみんな信者なのです。どんな奇蹟を見たと誓いあったことでしょう！　ロバートのほかは……」そこへ、わびしい白いあごひげを生やした、耳が不自由なカーカップ氏[6]がとびこんでくる。ただ大声をあげてこう言うためにやって来たのである、「心霊の世界はあります――来世はありますよ。ぼくは白状する。とうとう確信を得たんです」。そしてつねに「無神論すれすれ」の信条を持ちつづけてきたカーカップ氏は、耳が聞こえないのに「驚いて跳び上がるほど大きなとんとん叩く音を三つ」聞いたというだけの理由で、心霊論者に変ってしまった。それなのにブラウニング夫人がどうしてテーブルから手を離すことができようか？　「わたくしにはむしろ神秘を好むところがありますの、この世のあらゆるドアを叩いてまわって、外へとび出してみたい気がしているんです」と書いている。そういうわけで、信者たちをカーサ・グウィーディへ招び集めた。みんなはそこに坐って客間のテーブルに手をかけ、この世からとび出そうとするのである。

フラッシュは気も狂いそうな不安に陥り、はっと立ち上がった。スカートとズボンが自分のまわりで波うっている。テーブルは一本脚で立っている。しかしテーブルのまわりの紳士淑女にはどんなものが聞こえ、どんなものが見えているにしても、フラッシュには何も聞こえないし、何も見えない。テーブルが一本脚で立っているのは事実だ、でもテーブルというものはひどく片側へ傾ければ、そうなるものだ。自分もテーブルをひっくり返して、ひどく叱られたことがある。しかし今、ブラウニング夫人は大きな目をぱっちり見開いて、まるで外に何かふしぎなものが見えるみたいにじっと見つめている。フラッシュはバルコニーへ走り出て、下を見おろした。また別の大公が旗やたいまつをかかげて馬で通りすぎるのだろう

＊1―前出のエドワード・ロバート・リットン。
＊2―一八〇七―九八、アルフレッド・テニスンの長兄で、やはり詩人。
＊3―ハイラム・パワーズ。一八〇五―七三、当時有名なアメリカの彫刻家、十九世紀半ばよりフィレンツェに定住、エリザベス・ブラウニングは彼の作品をテーマにソネットを書いた。
＊4―パスカーレ・ヴィルラーリ。フィレンツェの歴史学教授で、彫刻家。エリザベスと親しくつきあう。
＊5―前出のブラグデン嬢。
＊6―シーモア・ストッカー・カーカップ。一七八八―一八八〇、心霊を熱烈に信じたイギリス人の画家。不気味な感じを与える人であったことは、アメリカの作家ナサニエル・ホーソンの彼との会見の記録にもうかがえる。

か？　フラッシュには、街角で乞食の老婆がメロンの籠をひろげて、うずくまっているところが見えるだけだ。それなのに確かにブラウニング夫人には何かが見えているのだ。確かに何かとてもふしぎなものが見えているのだ。昔ウィンポール街にいた頃にも、彼女はそんなふうに、フラッシュにはわけのわからない涙を流していたし、それからまた何かいっぱい書きちらしたものを持ちあげて、声をあげて笑ったりした。しかし今度はちがっている。夫人の今の顔つきには、何かはっと怖くなるようなものがある。部屋にもテーブルにも、ペティコートやズボンにも、ひどくいやな感じがつきまとっている。

何週間か経つにつれ、ブラウニング夫人の心は、ますます目に見えないもののことでいっぱいになった。よく晴れた暑い日でも、とかげが岩から出たり入ったりするのを眺めていないで、テーブルに向かって坐る。暗い星月夜であっても、本を読みふけったり、原稿用紙の上に手を走らせたりしないで、ブラウニング氏が外出していれば、ウイルソンを呼ぶ。ウイルソンはあくびをしながらやってくる。そこで二人いっしょにテーブルに向かって坐っていると、蘊をつくることが主なはたらきであるこの家具は、ついには床の上でとんとん跳ねはじめるのだ。するとブラウニング夫人はウイルソンに、おまえはもうじき病気になるというテーブルのお告げです、と大声で言う。ウイルソンは、わたし、ただ眠たいだけなんです、と答える。しかしまもなく、容赦しない真正直な大英帝国民らしいウイルソン自身も、金切り声をあげ失神する。と、ブラウニング夫人はあちこち走りまわって気つけ薬用の「衛生酢酸」を見つける。これはフラッシュにとっては、静かな晩を過すにはひどく不愉快なやり方だ。坐って本を読む方がはるかにましなのに。

こういう時のはらはらする気持や手にふれられないが気持のわるい匂い、テーブルの跳ねる音、金切り声、それに酢酸は、確かにフラッシュの神経にこたえた。幼いペニーニが「フラッシュの毛がのびますように」と祈るのは、たいへん結構だ。それはフラッシュにもよくわかる熱い願いである。しかしいやな匂いがしたり、みすぼらしい恰好の男たちや、見たところしっかりしたマホガニーの家具の道化踊りがなくてはならないこういうお祈りのやり方は、あの生気にあふれて良識もあり、立派な服装をした御主人のブラウニング氏を怒らせたのと同じぐらい、フラッシュも怒らせた。しかしフラッシュにとってどんな匂いよりも、どんな異様な踊りよりもずっといやだったのは、ブラウニング夫人の、何もないのに何かふしぎなものが見えるみたいに、窓の外を眺めている時の顔の表情である。フラッシュは夫人の前に立ちはだかる。ブラウニング夫人はフラッシュなどそこにいないみたいに、フラッシュの身体をとおして向こうを見ている。それは夫人がこれまでにフラッシュに見せたいちばん冷酷な表情だ。フラッシュがブラウニング氏の脚に嚙みついた時の、夫人のあの冷やかな憤りよりも、ずっとひどい。リージェント公園で馬車のドアにフラッシュの足がはさまれた時に見せた夫人のせせら笑いよりもひどい。ほんとうに、ウィンポール街とそこのテーブルが懐しくなる時がある。五十番地の家のテーブルは、ぜったいに片脚で傾くことなどなかった。夫人の貴重な装飾品を載せておく、まわりに金の輪がはまった小テーブルは、いつもまったく静止していた。あのはるか昔には、フラッシュがバレット嬢のソファに跳びのりさえすれば、はっと目を覚まして、自分の方を見てくれた。もう一度いま、夫人のソファに跳びのってみた。でも自分に気づいてはくれない。何か書いていて自分の方へぜんぜん注意を向けてくれない。夫人は書きつづける――「また、霊媒の頼みで、心霊の手はテーブルからそこにおいてあった花環をとって、わたくしの頭にのせてくださいました。これをのせてくれたその手は、人間の手としてはいちばん大きい方で、雪のように白く、とても美しい手でした。その手はわたくしが今書いているこの手と同じくらい近くにきました。この手と同じようにはっきり見えたのです」。フラッシュは前足で夫人を強く叩いてみた。夫人はまるでフラッシュなど見えないみたいに、フラッシュをとおして向こうを見ている。フラッシュはソファから跳びおり、階下へ駆けおりて、通りへ走り出た。

灼けつくように暑い昼下がりだった。街角の乞食の老婆は、メロンの上におおいかぶさるようにして眠りこけていた。太陽は空をゆるゆるとぶらついているように見えた。通りの日蔭になった側を通って、フラッシュは市の開かれる広場の方へ向かって、よく知っている道を小走りに走って行く。広場全体が、日除け、売店、明るい色の大きな傘のテントで、色鮮やかだ。市に立つ女たちは、さまざまな果物の籠の脇に坐っている。鳩がはばたき、鐘がガランガランと鳴り、笞はピシッと音をたてる。フィレンツェのさまざまな色の混じった雑種の犬たちが、匂いを嗅いだり、前足で地面をひっかいたりしながら、走りこんだり、走り出たりしている。何もかも蜂の巣のような活気にあふれ、蒸し焼きになりそうに暑い。友達のカッテリーナばあさんのそばの、大きな籠の蔭に寝そべる。赤や黄色の花の入った茶色のかめがそのそばに蔭をつくっている。頭上には彫像があって、右腕をさしのべ、蔭をさらに濃く、紫色にしている。フラッシュはその涼しい蔭の中に横たわり、若い犬たちがせわしなく自分たちで何かやっているところを、じっと眺めている。犬たちは若々しい歓びに思いきりひたって、うなったり噛みついたり、伸びをしたりころげまわったりしている。お互いに追いこんだり、追い出したり、ぐるぐる追いかけまわったりしている。ちょうど、その昔、横丁のぶちのスパニエルを自分が追いかけていたのと同じように。一瞬、フラッシュの思いはレディングへ帰る——パートリッジ氏のスパニエルへ、初恋へ、うっとりするような青春の歓びと無邪気さへ帰る。思えば自分にも盛りの時があったのだ。あの若い犬たちが若さの盛りをたのしんでいるのを羨(うらや)んだりはしない。この世は住んでたのしいところだとは、自分だって知っている。今になって文句を言ったりしない。市に立つ女がフラッシュの耳を掻いてくれる。この女は、葡萄をひとつ盗んだとか、何かほかのいたずらをしたといって、何度もフラッシュをぴしゃりとぶった。でも自分はもう年とったし、この女も年よりだ。フラッシュはメロンの番をし、彼女は耳を掻いてくれる。そういうふうにして、彼女は編みものをし、フラッシュはうとうとするのだ。中の果肉を見せるためにうすく切って開けた大きなピンクのメロンに、蝿がぶんぶん群らがっている。

太陽は、百合の葉や緑と白の大きな傘のテント越しに、快く照りつけている。大理石の彫像が太陽の暑さをシャンパンのようなさわやかさにやわらげている。フラッシュは横になって、陽の光を毛をとおし裸の皮膚にあたるまで浴びている。そして身体の片側が灼けると、寝返りを打って、もう片側を灼く。その間じゅう、市の人々は喋ったり、値切ったりしている。市に来た女たちが通りがかり、立ちどまって野菜や果物を指でさわっている。

フラッシュが聞くのが大好きな、がやがやと低くざわめく人声がしている。しばらくする

市の女は編みものをし、フラッシュはうとうとした

と、フラッシュは百合の花蔭でうとうとと眠ってしまった。犬が夢を見ながら眠る時のような眠り方だった。いま脚がぴくぴく動いている——スペインで兎狩りをしている夢を見ているのだろうか？　兎が灌木の繁みから跳びだした時に「スパン！　スパン！」と叫びながら浅黒い男たちといっしょに暑い丘の斜面をかけ上がっているのだろうか？　それからまたじっと動かないで寝る。そして今度は、続けざまに何度も軽く素早く、キャンキャンと吠える。きっとレディングでミットフォード博士がグレイハウンドに兎狩りをけしかけている声が聞こえているのだろう。その時おどおどとしっぽが振られる。ミットフォード嬢がかぶら畑の中に立って傘を振りまわしているところへ、フラッシュがすごすご帰って行く時に、年老いたミットフォード嬢が「いたずらなワンちゃん！　だめよ、だめよ！」と叫んでいる声が聞こえるのだろうか？　それからしばらくは、いびきをたてながら、幸せな老年の深い眠りにつつまれて寝ている。突然、身体じゅうの筋肉がピクピクけいれんする。ひどく驚いて目が覚める。自分はどこにいると思ったのだろう？　ホワイトチャペルで荒くれ男たちに囲まれていたのか？　再びナイフが喉もとにつきつけられていたのだろうか。

どんな夢であるにせよ、フラッシュは恐怖にとりつかれて夢から覚めた。安全な所へ逃げ出すみたいに、隠れ家を探すみたいに、急いで走って行く。市の女たちは笑い、腐った葡萄をフラッシュに投げつけ、フラッシュにお帰り、お帰りと叫ぶ。フラッシュは目もくれない。通りをいちもくさんに走って行くと、荷馬車の車輪にひきつぶされそうになる——立ち上がって馬のたずなを握っている男どもが、こんちくしょうとどなり、笞でピシッと打つ。半裸の子供たちがフラッシュめがけて小石を投げつけ、「気違い（マッタ）！　気違い（マッタ）！」と、逃げて行くフラッシュに叫ぶ。母親たちが戸口に走り出て来て、驚きあわてて子供たちを引き戻す。ではフラッシュは気が狂ったのだろうか？　暑い陽ざしが頭を変にしてしまったのか？　あるいは、ヴィーナスの女神の愛の狩り笛がもう一度聞こえてきたのだろうか？　さもなければアメリカから来たとんとん叩く心霊、テーブルの脚に住む心霊がひとつ、とうとうフラッシュにとりついたのだろうか。何であろうとフラッシュは一直線に通りを走りぬけて、とうとうカーサ・グウィーディの玄関に着いた。まっすぐ二階へ進んで、客間へまっすぐ入って行った。

　ブラウニング夫人はソファに横になり、本を読んでいる。フラッシュが入って行くと、目を上げて、はっと驚く。いいえ、心霊じゃない——ただのフラッシュなんだわ。夫人は声をたてて笑う。それからフラッシュがソファに跳びのり、夫人の顔に顔をこすりつけると、夫人の自作の詩の言葉が心に思い浮かぶ。

この犬をごらん。それはほんの昨日のこと
この犬がいるのも忘れ、ここで思いに沈んでいた
ついには思いまた思いをよび涙また涙があふれこぼれる
そのとき、頬をぬらして身を横たえていた枕から
フォーナス[*1]のような毛むくじゃらの頭がつきだして
突然わたしの顔によりそった――ふたつの澄んだ金色の
大きな眼がわたしの眼を驚かし――垂れた耳は
わたしの両頬をはたはた打って、涙のしずくを乾かしてくれる
初めは、はっとおののいた、アルカディアの人が
黄昏(たそがれ)の木立の中で山羊に似た神に出会い驚いたように
けれど、あごひげを生やした神の幻が
わたしの涙をきれいにぬぐってくれたとき、フラッシュだとわかり
驚きも悲しみも越えて――まことのパンの神に感謝を捧げる
この神こそ、低い動物の姿をかりて、愛の高みへ導いてくれるのだ

この詩は何年も前のこと、ウィンポール街で喜びもなく過していたある日、書いたものだった。今では幸せだ。もう年をとってきたし、フラッシュもそうなのだわ。ブラウニング夫人は、一瞬フラッシュの上に身をかがめた。夫人の顔の大きな口、大きな眼と、豊かな巻き毛は、奇妙なことに今もフラッシュの顔に似ていた。別々に分かれてはいるが、もとは同じ鋳型で作られて、おそらくお互いがお互いの中に隠れているものを補い合って完全なものにするのだろう。しかし、夫人は人間、フラッシュは犬である。ブラウニング夫人は読書を続ける。それからまた、フラッシュをじっと見つめる。けれどフラッシュの方は夫人を見つめない。異常な変化が彼を襲っていたのだ。「フラッシュ！」と彼女が叫ぶ。でも何も言わない。さっきまで生きていたのだが、今はもう死んでいる。[†] それだけだった。客間のテーブルは、ふしぎなことに、まったく静かに立っていた。

＊1―牧羊神パンのローマ名。

典拠

この伝記を書くために典拠としたものはひじょうに少いことを認めなければならない。しかし、事実を調べたり、もっとこの主題を追求してみたい読者は、次のものにあたっていただきたい。

「愛犬、フラッシュへ」、「フラッシュ、あるいはフォーナス」（エリザベス・バレット・ブラウニングの詩）。

『ロバート・ブラウニング、エリザベス・バレット・ブラウニング往復書簡集』全二巻。

『エリザベス・バレット・ブラウニング書簡集』フレデリック・ケニヨン編、全二巻。

『リチャード・ヘンギスト・ホーン宛のエリザベス・バレット・ブラウニングの手紙』S・R・タウンゼンド・メイヤー編、全二巻。

『エリザベス・バレット・ブラウニング、妹への手紙一八四六年―一八五九年』レナード・ハクスレー編。

『手紙に見るエリザベス・バレット・ブラウニング』パーシー・ラボック編。

フラッシュへの言及はH・チョーレー編『メアリー・ラッセル・ミットフォード書簡集』全二巻に見いだされる。

ロンドンの「ミヤマガラスの森」の叙述については、トマス・ビームズ著『ロンドンのミヤマガラスの森』(一八五〇)を参照されたい。

原注

三〇頁†「**……のデザインを色どりよく描き出した布地**」　バレット嬢は「わたしの開き窓には、透き通ったブラインドがかけられていた」と書いている。「パパはお菓子屋の裏窓みたいだとわたしを軽蔑したが、そうは言っても陽の光がお城や何かの絵を輝かせて浮き上がらせると、やはり、明らかに感動しているようすだった。」ある人々は、お城や何かの絵は、薄い金属でできたものの上に描かれていたと考え、ほかの人々は、それは豊富に刺繍をほどこされたモスリン製のブラインドだったと考えている。どちらが事実かを決める確かな方法はないようだ。

五二頁†「**ケニヨン氏は、前歯が二本欠けているため、喋り方がいくらかはっきりしないところがあった**」　この文には誇張と憶測が含まれている。ミットフォード嬢がその根拠だ。彼女はホーン氏との会話でつぎのように言ったとされている。「お気づきのように、わたしたちのお友達は、自分の家族とそのほか二、三人の方以外には、誰にも会わないのです。あの方は、X氏のすばらしい朗読術とよい趣味を高く評価しています。そして自分の書いた新しい詩を大きな声をだして読んでもらいます……それですから、X氏は暖炉の前に敷いた絨緞の上に立ち、原稿をとり上げ、声をあげて読みます。その間じゅう、わたしたちのお友達はカシミヤのショールにくるまってソファに横になり、長いふさふさした黒髪を、かがめた頭になびかせて、全身を耳にして聴き入っています。いま、X氏は前歯が欠けて――前歯そのものでなく、前歯の脇の歯ですが――このことが発音がおかしくなる原因となっています……愛すべき不明瞭さ、音節どうしまじりあってぼんやりしてくるので、ちんもくもちんくもほんとうに同じように聞こえるのです。」X氏というのが、ケニヨン氏のことであるのは、ほぼ確かである。名前をはっきり記さなかったのは、ヴィクトリア朝の人々が歯のことを話題にする時の、特別な気がねのためだった。しかし、イギリス文学に影響をおよぼす重要な問題が含まれている。バレット嬢は長い間、耳がわるいと非難されてきた。ミットフォード嬢は、ケニヨン氏はむしろ歯が欠けていることを責められるべきだと主張している。一方、バレット嬢自身は、彼女の詩の韻律は、彼の歯が欠けていること、あるいは自分の耳がわるいこととは、どんな関係もないと主張している。「完璧に正確な韻律に注意を払うよりも、詩の主題の方にずっと多くの注意を払い、冷然とある実験を敢行しようと決心していました」と、書いている。だから彼女は、「天使（エンジェル）」と「ろうそく（キャンドル）」、「天（ヘヴン）」と「不信（アンビリーヴィング）」、「島（アイランド）」と「沈黙（サイレンス）」を――冷然と韻をふませた。もちろん、教授たちが判定を下すことであるが、ブラウニング夫人の性格と行動を研究した者なら誰でも、彼女は韻律の規則にしても愛の規則にしてもわざと破った人であるという観かたをとりたくなるだろう。そうして、彼女が現代詩の発展にいくぶん共犯の罪を犯したと咎めたくなるだろう。

六六頁†「**黄色の皮手袋**」　オア夫人の書いたブラウニング夫人の伝記に、彼はレモン色の手袋をはめていたと記されている。ブライデル＝フォックス夫人は、一八三五年から六年にかけて彼に会い、こう書いている、「彼は当時ほっそりしてあさ黒く、ひじょうにハンサムでした。そして――そのことをほのめかしてよろしければ――ちょっとばかり伊達男（ダンディ）で、レモン色の仔羊の手袋やそういう類のものに熱中していました」。

八七頁†「**彼は誘拐されたのである**」　実際にはフラッシュは三度誘拐された。しかし、統一の上から、三度の誘拐を一度に縮める必要があると思われた。バレット嬢により犬泥棒たちに支払われた総額は二十ポンドだった。

一一二頁†「**男たちの顔は、イタリアの陽あたりのいいバルコニーで、彼女の目に再び姿をあらわすことになるのだ**」　『オーローラ・リー』の読者たち――しかし、そういう人々は存在しないのだから、ブラウニング夫人がこういう名前の詩を書いたこと、その詩の中のいちばんいきいきと描かれている一節は、ロンドンの貧民窟の描写である（もっとも、その対象を四輪馬車から一度見たにすぎない詩人に当然のこととして、現実の歪曲があるが）ことを説明しておかなければならない。明らかにブラウニング夫人は人間生活についての好奇心を貯えていて、そういう好奇心は、寝室の洗面台の上のホメーロス、チョーサーの胸像によって決して満足させられるものではなかった。

一三一頁†「リリー・ウイルソンは、近衛兵リーギ氏と激しい恋におちたのである」　リリー・ウイルソンの生涯はひどくぼんやりとしかわかっていないので、伝記作者の助力を大いに必要としている。ブラウニング書簡に登場するいかなる人物も、主役は別として、これ以上われわれの好奇心をかきたて、挫折させるものはない。彼女の名はリリー、姓はウイルソンだった。彼女の生まれと育ちについて、われわれにわかっているのはこれだけだ。彼女がホープエンドの近隣の百姓の娘で、行儀のよさとエプロンの清潔さによって、バレット家の料理人に好意をもたれたのか、何かの使いでお邸にあがった時、バレット夫人がちょうどその時にちょっと失礼と言って部屋に入って来て、彼女のことを申し分ないと思ったので、バレット嬢の女中に任命してそういうことになったのか、あるいは、彼女はロンドン子だったのか、スコットランドの出身だったのか——こういうことは、はっきりわかっていない。ともかく、一八四六年にはウイルソンはバレット嬢に仕えていた。彼女は「お金のかかる女中」だった——その賃金は年十六ポンドである。フラッシュと同じくらい滅多に口をきかないので、彼女の性格の輪郭は、ほとんどわからない。そしてバレット嬢も彼女についての詩は一度も書かなかったので、彼女の姿はフラッシュの姿にくらべて、ずっとなじみが薄い。しかし、手紙の中に示されているところでは、はじめのうち彼女は、当時英国の地階の台所の栄光であったあの謹直で、ほとんど非人間的とも言えるほど行いの正しい英国の女中たちのひとりであった。彼女は正しい行いや儀式にやかましい人だったことは明らかだ。ウイルソンはたしかに「あの部屋」を尊敬していた。ウイルソンは、下女中（しも）はプディングをある場所で、上女中（かみ）は別の場所で食べなくてはいけない、とまっ先に主張したことだろう。こういうことすべては、彼女がフラッシュを手でぶった時に言った「おまえがわるいからよ」という言葉に暗に示されている。しきたりに対するこのような尊敬の念は、しきたりを破ることへの極度の怖れを生みだすことは、ほとんど言うに及ばない。それゆえ、ウイルソンがマニング街の下層階級の人々と向かい合った時、バレット嬢よりはるかにびっくりし、犬泥棒は人殺しだ、とずっと強く確信したのである。同時に、彼女が恐怖を克服し、辻馬車でバレット嬢といっしょに行ったその英雄的なやり方は、お嬢様への忠誠というもうひとつのしきたりが、いかに深く心の中にしみこんでいるかを示している。バレット嬢の行くところ、ウイルソンも行かなくてはならない。この原則は、駆け落ちの時の彼女の行動に誇らしげに示された。バレット嬢はウイルソンの勇気を疑っていたが、その疑いは根拠のないものだった。「ウイルソンは、わたくしには非の打ちどころがありませんでした。そしてわたくしは……彼女を〈臆病〉だと言い、彼女の臆病さを怖れていたのです！　臆病な人たちがはっきりめざめた時、彼らほど大胆な人はいないと、わたくしは思いはじめています」と彼女は書いている――そしてこれらの言葉は、バレット嬢としてブラウニング氏宛に書いた最後の手紙にある。召使いの生活の極度の不安定さについて、挿話としてちょっと考えてみる価値がある。もしもウイルソンがバレット嬢といっしょに行かなかったら、バレット嬢にはわかっていたように、おそらくは年俸十六ポンドを倹約して貯めたほんの数シリングを持って、「日の暮れる前に通りへほうり出され」たことであろう。もしそうなったら、彼女の運命はどうなっていたろうか？　一八四〇年代のイギリス小説は貴婦人たちの女中の生涯はめったに扱わなかったし、当時、伝記はそんなに低い方まで探索の光を向けなかったので、この疑問は疑問のまま残るしかない。しかしウイルソンは思いきって冒険した。彼女は「バレット嬢といっしょなら世界中どこへでも行きます」と宣言した。彼女は地階の台所、あの部屋、ウィンポール街のあの世界すべて――ウイルソンにとってはこれらは文明のすべて、正しい考え方と上品な生活のすべてを意味したのだが――を後にして、酒色におぼれ無信仰の見知らぬ土地をめざして行ったのである。イタリアにいた時にウイルソンのイギリス人らしいお上品ぶりと生まれつきの情熱との間に起った葛藤を観ることほど、おもしろいことはなかった。彼女はイタリアの宮廷をあざ笑った。イタリアの絵画に衝撃を受けた。しかし、「ヴィーナス像のみだらさに強烈な印象を受けて帰ってきた」にもかかわらず、ウイルソンは、見上げたことに、女性たちが衣服を脱いだ時には裸なのだということを思い出したらしい。わたし自身だって、毎日二、三秒間は裸なんだわ、と彼女は考えたのかもしれない。だから、「彼女はもう一度見に行ってみよう、と考え、厄介なお上品ぶりもおさまるかもしれないと考えた。そうならないと誰にわかるかしら?」それは急速におさまったことは明らかだ。じきに彼女はイタリアをよしとしたばかりか、大公の近衛兵と恋をしていた――「とても立派な、身持ちのよい男で、背丈六フィートぐらい」――婚約指輪をはめ、ロンドンの求婚者を退け、イタリア語を話すことを学んだ。それから再び雲がたれこめる。その雲が晴れ上がると、ウイルソンは捨てられて姿をあらわす――「不実なリーギはウイルソンとの婚約を撤回してしまった」。嫌疑は彼の兄、プラトーで卸(おろ)し売りの小間物屋をしている男にかかった。リーギが大公の近衛兵を辞めた時、兄のすすめで、プラトーで小売りの小間物屋になった。職業がら妻も小間物について知っていることが必要になったのか、プラトーにいる女性のひとりが、その必要を満たしたのかどうか、とにかく彼はウイルソンにあてて書く筈の手紙をそれ程しょっちゅうは書かなかった。しかし、「(ウイルソンは)あのことはすっかりけりをつけました。けりをつけたということは、ウイルソンの良識とまっすぐな性格に面目をほどこさせます。あんな男を、どうして彼女が愛し続けられるでしょう?」と一八五〇年にブラウニング夫人に叫ばせたのは、このきわめて立派で身持ちのよい男のどんな行動だったのか――なぜリーギがそんな短い間に「あんな男」に縮んでしまったのかは、わからない。リーギに捨てられて、ウイルソンはますますブラウニング一家に愛着を深めた。彼女は奥様の身のまわりの世話をしたばかりでなく、粉をこねてお菓子を焼き、洋服を作り、赤ちゃんのペニーニの献身的な乳母となった。それだから、やがて赤ちゃん自身が彼女を家族の地位にひき上げた。彼女はふさわしいやり方でその地位につき、自分をリリーとだけ呼んでくれと、強く言い張った。一八五五年にウイルソンは、ブラウニングの下男で、「善良な心やさしい男」、ロマノーリと結婚した。しばらくの間、この二人はブラウニング夫妻の家を預った。しかし、一八五九年、ロバート・ブラウニングが「ランダーの後見人としての役目を引き受けた」。ランダーは気むずかしかったので、この役目はひじょうに神経を使い、責任の重いものだった。「遠慮などというものは、彼にはけし粒ほどもなく、疑い深さは人一倍なのです」、とブラウニング夫人は書いている。こういう状況の中で、ウイルソンは年俸二十二ポンドと「彼の割当ての残りを加えたもの」という俸給で「彼の付添人」に選ばれた。後になって、彼女の俸給は三十ポンドに増やされた。というのは、「虎の癇気(かんき)」をもつ「老いた獅子」、夕食が気にくわないと窓から皿を投げたり、床に叩きつけたりする男、召使いが机の引き出しを開けたと疑う男の付添人としてはたらくことは、ブラウニング夫人が述べているように、「ある種の危険」をともない、「少くともわたくしは、どちらかといえばそういう危険な目にあいたくない」からだ。しかし、これまでにバレット坊ちゃまとその気風というものとつき合ったことのあるウイルソンにとっては、二、三枚かそこらの皿が窓の外へ飛んだり、床に叩きつけられることは、たいしたことではなかった。そのくらいの危険は、まったくあたりまえのことだったのである。

その時代は、今でもわれわれに明らかにわかる限りでは、たしかに、ふしぎな時代だった。それがイギリスのどこか人里はなれた村で始まったのかどうかわからないが、それはヴェネツィアのパラーツォ・レゾニコで終った。少くともそこに彼女は、まだ一八九七年には、自分がかつて乳母として育てはぐくんだ少年――バレット・ブラウニング氏の家に、寡婦になって住んでいた。あれはふしぎな時代でした、と年老いた彼女はヴェネツィアのまっ赤に染まった夕暮れの中で、夢見ごこちに坐りながら思ったことだろう。作男と結婚した彼女の友達たちは、今でもイギリスの小道をよろよろ歩いて行って、一パイントのビールをとってくる。そしてあたしはバレットお嬢様といっしょにイタリアへ駆け落ちしたのだわ。あたしはあらゆる種類の奇妙なことを見てきた――革命だの、衛兵だの、心霊だの。それに窓から皿を投げるランダー氏。それから、ブラウニング夫人が亡くなった――ウイルソンが夕暮れ時にパラーツォ・レゾニコの窓辺に坐っていた時に、彼女の老いた頭の中に浮かんでくるものにこと欠くはずがなかった。しかし、頭に浮かんできたのはどんなことだったかを推測できるふりをするほど、空しいことはない。というのは、彼女は彼女のような種類の人間――調査のおよばない、ほとんど黙っている、ほとんど目に見えない召使いの女たちの偉大なる大群の代表だったからだ。

「ウイルソンの心以上に正直で誠実で愛にあふれた心は、見つけることができません」――彼女の女主人の言葉は、ウイルソンの墓碑銘に使われてもよかろう。

一五一頁†「**フラッシュはノミに悩まされていた**」　十九世紀半ば、イタリアはノミで有名だったらしい。実際ノミは、そうでなければ打ち勝ちがたい因習の壁をこわすのに役立った。たとえば、ナサニエル・ホーソンがローマでブレマー嬢とのお茶に出かけた時（一八五八）、「われわれはノミについて喋った――ローマでは誰の仕事にも誰の胸にもこたえる虫で、どこにでもいて避けられない虫なので、ノミの与える苦痛のことを口に出すのに気おくれを感じることはない。気の毒にブレマー嬢は、お茶を入れている間じゅう、ノミに苦しまされた……」

一五八頁†「**ネロが最上階の窓から飛び下りた**」　ネロ（一八四九―六〇頃）は、カーライルによれば、「小型のハバニーズ（マルチーズか？　それでなければ雑種）で、もじゃもじゃの、おおかた白い――ひじょうにやさしく元気のよい小犬で、ほかの点では取りえの少い、訓練で仕込むこともほとんどあるいはぜんぜんできないのだ」。この犬の一生については材料がたくさんある。しかし、今はそれを使うのにふさわしい時ではない。ネロもまた誘拐されたことや、その他次のようなことを言えば、じゅうぶんである。すなわち、それで馬を一頭買える小切手を首のまわりに結びつけてカーライルにもって来たこと、それから「わたしは二、三度彼を（スコットランドの避暑地アバドールで）海へ投げこんだが、彼はそれが大嫌いだった」こと、一八五〇年に彼は書庫の窓から飛び降り、家の境の忍び返しを越えて、歩道の上に「ぐしゃっ」と落ちたことなどである。カーライル夫人はこう書いている、「それは朝食の後でした、ネロは開いた窓のところに立って、小鳥を眺めていました……ベッドに寝ていると、わたしは厚い松材の仕切り壁ごしにエリザベスが悲鳴をあげるのを聞きました、ああ神様！　ああネロ！　そして突風のように階段を駆けおりて表口のドアから走り出る音がします……その時わたしはとび起きて、寝巻のままエリザベスのところに会いに行きました……カーライル氏は顎を石けんの泡だらけにしたまま寝室から降りて来て、『ネロがどうかしたのかい？』と訊きました――『まあ、あなた、ネロは脚をぜんぶ折ったにちがいありませんよ、あなたのお部屋の窓から飛びおりたんですから！』――『おやおや！』とカーライル氏は言って、ひげ剃りを終えてしまおうと戻って行きました」。しかしながら、骨は一本も折れていなかった。彼は生きのびて、肉屋の荷車にひかれ、一八六〇年二月一日に、その事故の影響でついに死んだ。彼はチェイニー・ロウの庭園のいちばん高い所の小さな墓石の下に埋められている。

ネロが自殺したいと望んだのか、あるいはカーライル夫人がほのめかしているように、ただ小鳥にとびかかろうとしたのかは、犬の心理について大変おもしろい論文を書くよいきっかけになろう。バイロンの犬は、バイロンに共鳴して気が狂った、とある人々は考えている。また他の人々は、ネロはカーライル氏とつき合うことによって絶望的な憂うつに追いこまれた、と考えている。時代精神と犬の関係についてのすべての問題、つまり、飼主たちの詩と哲学の犬に対する影響とあいまって、ある犬をエリザベス朝、別の犬をオーガスタン時代、別の犬をヴィクトリア朝の犬と呼ぶことが可能かどうかという問題は、ここでなしうるよりはもっと詳しい議論に価する。今のところでは、ネロの動機は、はっきりしないままでおくしかない。

一六八頁†「**サー・エドワード・ブルワー・リットンは自分の姿が人に見えなくなったと信じこんだ**」 ヒュー・ジャクソン夫人は『あるヴィクトリア朝の幼年期』の中でこう述べている、「アーサー・ラッセル卿がずっと後になって話してくれたが、彼は、子供の頃、母にネブワスに連れて行かれた。翌朝、大広間で朝食を食べていると、みすぼらしいガウンを着た奇妙なようすをした老人が入って来て、客たちをひとりひとり順にじろじろ見つめながら、テーブルのまわりをゆっくりと歩きまわった。彼は母親の隣に坐っている人が〈目を留めてはいけませんよ、あの方は自分の姿が見えないと思っておいでなんですから〉とささやいているのを聞いた、それはリットン卿その人だった」(一七一—一八頁)。

一八一頁†「**今はもう死んでいる**」 フラッシュが死んだのは確かである。しかし、死んだ日と死んだ時のようすは、わかっていない。唯一の言及は、「フラッシュは老年まで生きながらえて、カーサ・グウィーディの地下の納骨所に埋葬されている」という言葉だけである。ブラウニング夫人はフィレンツェのイギリス人墓地に葬られ、ロバート・ブラウニングはウェストミンスター寺院に葬られている。それ故、フラッシュは、その昔ブラウニング家の人々が暮らした家の下に、今も眠っているのである。

訳者あとがき

『フラッシュ』が出版されたのは、一九三三年十月、著者ヴァージニア・ウルフが五十一歳の時でした。ウルフがこの作品を書きはじめたのは、もうあと二カ月すれば実験的な小説『波』が出版されるという時――つまり一九三一年八月のことです。いいかえれば、ウルフはいわゆる「意識の流れ」の手法を使って、六人の登場人物にそれぞれ独白（モノローグ）を話させるという前衛的な試みに精魂かたむけて大作『波』を書きあげたあと、がらりと方向を変えて、もちまえのウィットを生かし、犬の目から見た女流詩人の生活を語るという、軽快で洒落た試みを企てたのです。最初は、この本をクリスマス用の小冊子にするはずでしたが、調べたり書きなおしたりしているうちに、現在見るような形になりました。本訳書に収めたさし絵は、ウルフの姉で画家のヴァネッサ・ベルの作品で、ホガース版の原著を飾っていたものです。

さて読者にたのしい期待を抱かせるこの本は、冒頭で、フラッシュが生まれる前のはるか昔にさかのぼって、コッカー・スパニエルの系譜をしかつめらしく論じ、ついでに人間社会を諷刺して笑いを誘ったあとで、スリー・マイル・クロス村の今は家運の傾いたミットフォード家にフラッシュが生まれるところから始まります。そして、床に伏せりがちの病弱の女流詩人エリザベス・バレットにもらわれ、世間を離れひきこもったその居室で、エリザベスとロバート・ブラウニングとの秘かな恋の進展を目撃し、犬泥棒に捕えられてホワイトチャペルの貧民窟暮らしをも経験し、二人の駆け落ちに同行してイタリアまで行き、フィレンツェで死ぬまで、一八四二年から十年余りの犬の一生を描きだしています。

ウルフはこの本の題名を『フラッシュ――或る伝記』（*Flush—A Biography*）としましたが、もちろん作者がほんとうに描きたかったものは、エリザベス・B・ブラウニングの肖像です。ウルフがこの作品を書きはじめる約一年前、ルドルフ・ベジアの芝居『ウィンポール街のバレット家』がロンドンとニューヨークで上演され、ブラウニング夫妻の結婚までのロマンスが評判になりました。これは続いてハリウッドで映画化され（邦題『白い蘭』）、エリザベスとロバートが彼女の父親の圧制、反対を逃れて駆け落ちするいきさつは、夫妻の詩を読んだことのない人にも広く知られることになったのです。そこへ同じ材料を扱って書くとなると、小説家として常にもましてひと工夫しなければならないことは、作者がいちばん知っていたことでしょう。

十九世紀半ばに評判の高かった女流詩人の生涯のもっとも波乱にとんだ時期を、彼女のそばで過した愛犬の目をとおして描きだす……これは小説家としての技倆も発揮できるし、ユーモアも皮肉も入れられるし、まことにすばらしいアイディアだ、と作者は心のなかで喜んだにちがいありません。ウルフはいつも犬を飼っていて、当時は、親しい女流詩人のヴィタ・サックヴィル・ウエストから贈られたピンカという名の金色の毛のコッカー・スパニエルを飼っていました。『ヴァージニア・ウルフ伝』を書いた甥のQ・ベルにいわせると、ウルフは「言葉のほんとうの意味では犬好きではなく」、彼女は犬が何を感じているか知りたがり、『フラッシュ』は「犬好きによって書かれた本というより、むしろ犬になりたいと思う人によって書かれた本」なのですが、犬の目から女流詩人の生活を描写することには限界も感じたにちがいありません。たとえば、フラッシュが野原や芝生を駆けまわる時の躍りあがるような歓びは描写できても、元来人間の言葉がほとんどわからない犬が詩人の心の中を伝えるよう、読者に不自然に感じさせずに書くことは難しいことですから。ウルフも書きすすめるにつれて投げだしたくなるような困難にぶつかったこともあったようです。とりわけ第四章「ホワイトチャペル」の描写は、作者の苦心がうかがわれるところです。この章では、語り手として作者が顔を出して、ロンドンの「ミヤマガラスの森」について語り、またフラッシュを盗まれたエリザベスの心配をしばしば手紙の引用で描いていますが、語り手の登場がこの作品の世界を広く厚みのあるものにしていることは確かでしょう。エリザベスが貧民窟に出かけて行った時の経験が後に『オーローラ・リー』のなかで結実したのだというウルフの洞察は、彼女の作家としての関心のありかを物語っています。エリザベス・ブラウニングの代表作で全九巻からなる長詩『オーローラ・リー』（一八五六）は、ヴィクトリア朝の女性問題、階級、政治改革と芸術の問題を扱い、「詩による小説」と言われますが、一方ウルフ自身の作品がしばしば散文による詩だと言われることを考える時、ウルフのエリザベスに対する関心の深さがわかるのではないでしょうか。ウルフは『オーローラ・リー』論（『普通の読者』所収）の中で、女主人公オーローラ・リーは「社会に対する熱烈な関心、芸術家であり女性であることの葛藤、知識と自由への渇望をもった時代の真の娘である」と述べています。

ここでエリザベス・B・ブラウニングの生涯を簡単に記します。彼女は、一八〇六年十二人兄弟の長女としてノーサンバーランドに生まれ、三年後ヘレフォードシャーの「ホープエンド」の邸に移りました。二十二歳で母が死に、父は娘を偏愛します。一八三五年ロンドンへ移り、従兄ジョン・ケニヨンの紹介で文学サークルに紹介され、メアリ・ラッセル・ミットフォードと知り合い、当時すでに作家活動をしていた十九歳年長のこの友と、以後文学上の意見を交換しあいます。三七年一家はウィンポール街五十番地に移り、一年後詩集『天使その他の詩』を出版、詩人として名を得ます。三八年転地療養に行ったトーキーで、最愛の弟エドワードがボートで遭難、いやしがたい悲しみを残しますが、四一年ロンドンにもどり、五年間ひきこもって暮らします。ちょうどこの頃（四二年）フラッシュを贈られ、その後の生活はこの本にあるとおりです。彼女の詩集に感銘を受け文通を始めたロバートが四五年五月訪問、翌年九月に秘かに結婚、父の反対（その理由は父の偏愛ばかりでなく、ロバートが、叔父の遺産を継いだエリザベスの財産に頼る状態だったためと言われる）を逃れて、一週間後、二人はフラッシュと女中とともにイタリアへ脱出、四七年よりフィレンツェに定住、エリザベスはすっかり健康になり、四九年長男ロバート・W・バレット（別名ペニーニ）出産、時おり、イギリスへ帰ってカーライル、テニスンらと交際しました。このイタリア時代に傑作「ポルトガル語からのソネット」を含むソネット集（一八五〇）や『オーローラ・リー』

などが書かれます。晩年は心霊術に凝り、同時にイタリア国家主義運動を支持しましたが、六一年フィレンツェで死去、五十五歳でした。

さて著者ヴァージニア・ウルフは、エリザベスに比べ教育上恵まれた環境に育った人です。父サー・レズリー・スティーヴンは信仰上の理由からケンブリッジ大学を去り、哲学者文芸批評家として『十八世紀英国思想史』を著し、『英国人名辞典』の初代編集長をつとめました。ヴァージニアは後妻である母の四人の子のうちの次女として一八八二年ロンドンに生まれ、主として家庭の中で教育されました。当時女性は正式に大学教育を受けられないので、ウルフは父の書斎やケンブリッジ大学の兄の友達との会話から学びました。十三歳で母を亡くし、寡夫となった父の不安定な精神状態が子供たちにつよく影響した点は、バレット家を思い起させます。二十二歳の時、父も死に、残された兄妹がロンドンの大英博物館近くのブルームズベリー地区に移り住んだ頃から、兄の友人たちを中心に盛んな知的交流が始まります。このグループはのちに「ブルームズベリー・グループ」と呼ばれ、文学者E・M・フォースター、リトン・ストレイチー、経済学者ケインズ、美術批評家ロジャー・フライ、クライヴ・ベル、将来を嘱望され早逝した兄トウビー、姉の画家ヴァネッサ、社会批評家でウルフの夫となったレナード・ウルフなど、二十世紀前半のイギリスの一面を代表する知識人たちを育てました。ヴァージニアが長篇の処女作『船出』を書きあげたのは、一九一三年、三十一歳の時でしたが、この頃夫妻はホガース出版社をおこし、数年後には自作をほとんどこの出版社から出すことになりました。主な作品は『ダロウェイ夫人』『燈台へ』『波』などですが、日本でも『ヴァージニア・ウルフ著作集』（全八巻、みすず書房）などで紹介されています。ウルフは、一九四一年二月ウーズ川に身を投げて死ぬまで、たえず人間の心理、現在過去にわたる意識のひだを探って、人間の存在のリアルな瞬間を捉えようと試みました。その文体には、しばしば詩的な陰影がただよい、デリケートで鋭い感受性を伝えています。また文芸評論も多く書き、その分析的な知性の模索のあとを記しています。真摯な性格の反面、ものごとを揶揄したり皮肉ったりするユーモラスな面も持ちあわせていたことは、この本の読者がよく感じられたところだと思います。

本書は一九七九年晶文社より『ある犬の伝記』として出版されました。その題名のためか、書店の犬、猫コーナーに並んだこともあり、訳者の微苦笑を誘ったものでした。ウルフが少しでも多くの一般読者に読まれることは訳者の念願であり、その意味では、本書の第一章が藤川芳郎編『犬物語』（一九九二年、白水社）に収録されたのも、嬉しいことでした。しかし、今回晶文社版が絶版になったのを機に、ウルフ著作集を出版しているみすず書房から復刊されることは、この作品がウルフ文学の読者の目に触れやすくなったことを意味しますし、訳者にとって望外の喜びであることは言うまでもありません。本書の出版が実現するまで、たいへんお世話になったみすず書房編集部の辻井忠男氏に心からお礼申し上げます。

なお本書の出版にあたって、晶文社版に修正・加筆したことを申し添えます。また本書を初めて訳したとき、柴田徹士、吉田安雄両氏の前訳（『月曜か火曜日、フラッシュ』、英宝社、一九五六年）に教示を受けたこと、また日本女子大学の同僚デニス・キーン教授に質問に答えて頂いたことを、ここにも記し感謝したいと思います。

一九九二年十一月

出淵敬子

Uブックス版に寄せて

一九七九年に晶文社から刊行され、一九九三年にみすず書房から復刊された本書が、この度白水社「Uブックス」で復刊されることになり、訳者として望外の喜びである。

実験的な小説を書くウルフの作品の中にあって、犬を語り手としてユーモアをもって女性詩人の半生を描く本作は楽しく読みやすい作品である。ペットと人間の関係がかつてないほど親密な現代社会において、本書が執筆された当時よりフラッシュの視点そのものに自然な共感を持つ点も多くあるかもしれない。

復刊の機会をくださった白水社の皆様、編集の労をとってくださった藤原編集室の藤原義也氏に心からお礼を申し上げたい。

この作品をきっかけに新たな読者がウルフと出会うことを祈ってやまない。

二〇二〇年四月

出淵敬子

著者紹介

ヴァージニア・ウルフ　Virgnia Woolf

1882年ロンドンに生まれる。父親は著名な文芸批評家レズリー・スティーヴン。父親の教育と知的環境のもと早くから文学への関心を深め、1904年から書評やエッセイを新聞に寄稿し始める。後に〈ブルームズベリー・グループ〉と呼ばれる作家・芸術家・批評家たちのサークルに加わり、その一員で批評家のレナード・ウルフと結婚。1915年、第一長篇『船出』を発表。1917年、レナードと共にホガース出版社を興す。『夜と昼』(19)、『ジェイコブの部屋』(20)の後、〈意識の流れ〉の手法を用いた傑作『ダロウェイ夫人』(25)、『燈台へ』(27)、『波』(31)で先鋭的なモダニズム小説家として高い評価を得た。女性と文学・社会・戦争の問題を取り上げたエッセイ『自分だけの部屋』『三ギニー』は、フェミニズム批評の古典とされている。1941年、『幕間』(没後出版)の完成原稿を残して神経衰弱のため入水自殺。

訳者略歴

出淵敬子（いずぶち・けいこ）

1937年東京生まれ。1961年日本女子大学英文学科卒業。1968年コロンビア大学大学院修士課程修了。1970年東京大学大学院博士課程満期退了。1972年より日本女子大学文学部で教え、2006年より同名誉教授。イギリス文学者。編著に『読書する女性たち』(彩流社)、訳書にヴァージニア・ウルフ『ジェイコブの部屋』、『存在の瞬間』(共訳)、『女性にとっての職業』(共訳)『三ギニー　戦争と女性』(以上みすず書房)、クウィンティン・ベル『ブルームズベリー・グループ』(みすず書房)、『ラスキン』(晶文社)などがある。

編集＝藤原編集室

本書は1993年にみすず書房より刊行された。

白水uブックス　229

フラッシュ　或る伝記

著　者　ヴァージニア・ウルフ
訳者©　出淵敬子
発行者　及川直志
発行所　株式会社 白水社
東京都千代田区神田小川町3-24
振替　00190-5-33228　〒101-0052
電話（03）3291-7811（営業部）
　　（03）3291-7821（編集部）
www.hakusuisha.co.jp

2020年5月25日　印刷
2020年6月15日　発行
本文印刷　株式会社精興社
表紙印刷　クリエイティブ弥那
製　　本　加瀬製本
Printed in Japan

ISBN978-4-560-07229-5

白水*u*ブックス

英米の作品

シェイクスピア全集　全37冊

*u*1～*u*37　小田島雄志訳

*u*51　ライ麦畑でつかまえて　サリンジャー／野崎孝訳（アメリカ）

*u*98　鍵のかかった部屋　オースター／柴田元幸訳（アメリカ）

*u*100　食べ放題　ヘムリー／小川高義訳（アメリカ）

*u*109　あそぶが勝ちよ　ラドニック／松岡和子訳（アメリカ）

*u*122　中二階　ベイカー／岸本佐知子訳（アメリカ）

*u*123　イン・ザ・ペニー・アーケード　ミルハウザー／柴田元幸訳（アメリカ）

*u*132　豚の死なない日　ペック／金原瑞人訳（アメリカ）

*u*133　続・豚の死なない日　ペック／金原瑞人訳（アメリカ）

*u*143　シカゴ育ち　ダイベック／柴田元幸訳（アメリカ）

*u*147　イルカの歌　ヘス／金原瑞人訳（アメリカ）

*u*148　死んでいる　クレイス／渡辺佐智江訳（イギリス）

*u*150　黒い時計の旅　エリクソン／柴田元幸訳（アメリカ）

*u*160　家なき鳥　ウィーラン／代田亜香子訳（アメリカ）

*u*172　ノリーのおわらない物語　ベイカー／岸本佐知子訳（アメリカ）

*u*173　セックスの哀しみ　ユアグロー／柴田元幸訳（アメリカ）

*u*174　ほとんど記憶のない女　デイヴィス／岸本佐知子訳（アメリカ）

*u*175　灯台守の話　ウィンターソン／岸本佐知子訳（イギリス）

*u*176　オレンジだけが果物じゃない　ウィンターソン／岸本佐知子訳（イギリス）

*u*185　交換教授―二つのキャンパスの物語（改訳）　ロッジ／高儀進訳（イギリス）

*u*189　ユニヴァーサル野球協会　クーヴァー／越川芳明訳（アメリカ）

*u*193　ウッツ男爵―ある蒐集家の物語　チャトウィン／池内紀訳（イギリス）

*u*196　ピンフォールドの試練　ウォー／吉田健一訳（イギリス）

*u*199　クローヴィス物語　サキ／和爾桃子訳（イギリス）

*u*200　彼らは廃馬を撃つ　マッコイ／常盤新平訳（アメリカ）

*u*202　死を忘れるな　スパーク／永川玲二訳（イギリス）

*u*203　ミス・ブロウディの青春　スパーク／岡照雄訳（イギリス）

*u*204　けだものと超けだもの　サキ／和爾桃子訳（イギリス）

*u*206　ケイレブ・ウィリアムズ　ゴドウィン／岡照雄訳（イギリス）

*u*214　平和の玩具　サキ／和爾桃子訳（イギリス）

*u*216　四角い卵　サキ／和爾桃子訳（イギリス）

*u*218　マンゴー通り、ときどきさよなら　シスネロス／くぼたのぞみ訳（アメリカ）

*u*225/226　ヴィレット 上下　ブロンテ／青山誠子訳（イギリス）

*u*227　サンアントニオの青い月　シスネロス／くぼたのぞみ訳（アメリカ）

*u*229　フラッシュ―或る伝記　ウルフ／出淵敬子訳（イギリス）